Trompe-l'œil
Seltsame Geschichten

Kurzgeschichten
Renate Weilmann

Impressum

Kurzgeschichten
Renate Weilmann

Titelbild
Fotolia/agsandrew

Layout und Satz
Puregraphik

Herstellung
Puregraphik-Produktion

Zweite erweiterte Auflage 10/14/1000

www.puregraphik.com
www.renateweilmann.de

Trompe-l'œil

Inhalt

Suppe, blaugelb: die Surreale
Von den kleinen Mißverständnissen
und ihren großen Folgen.

Seite 5

Gigolo: die Sinnliche
Illusionen entstehen im Kopf. In dem, was geschrieben steht und zwischen den Zeilen, nicht wahr?

23

Muttermilch: die Reale
Von den Erwartungen, welchen Weg ein Junge einzuschlagen hat, und welchen ein Mädchen.

45

Trompe-l'œil: die Groteske
Wahrhaft tierisch, dieses Bauteam. Unkonventionell, kunterbunt und sehr egozentrisch.

75

Tiger, Baby: die Humorvolle
Wem jagt Hans, Spitznamen: die Wurst,
denn nun hinterher?

113

**Die seltsame Geschichte
von Herrn Rheinsbergs Schuhen:
die Nachdenkliche**
Auf dem Friedhof wird Herr Rheinsberg von einer immer wiederkehrenden Stimme provoziert. Was will sie von ihm?

145

Trompe-l'œil

Suppe, blaugelb

„Oma, ist es jetzt soweit?" Verschlafen blinzelte der kleine Pinguin mit den zartgrünen Locken unter seiner Bettdecke hervor.

Seine Großmutter, deren hüftlanges Haar an ungehemmt wuchernde Algen erinnerte, lächelte ihn an.

„Ja, mein kleiner Fiete", sagte sie zärtlich, „Zeit für Paulinas blaugelbe Suppe!"

„Dann sind jetzt beide Zeiger ganz oben?"

„Ja", antwortete sie, „man nennt es Mitternacht!"

Sie nahm ihren Enkel auf den Arm und watschelte mit ihm in die Eßstube. Bei jedem Schritt vibrierte ihr wohlgenährter Walrosskörper als habe jemand einen Wackelpudding angestoßen. Gunda_Fenja zählte die Häupter ihrer Lieben, die sich am grob gehobelten Tisch eingefunden hatten. Im Schein der im Raum verteilten Fackeln erkannte sie Bengt, den ältesten ihrer Enkelkinder. Und obwohl er in letzte Zeit immer öfter dieses gelangweilte, alles bereits wissende, süffisante Grinsen zur Schau trug, wie es für manchen seiner Altersgenossen typisch war, zeigten seine dunklen Augen heute den aufgeregten, schlecht verhohlenen Glanz vergangener Paulina-Tage.

Ingmar, sein jüngerer Bruder, dessen schmaler Körper voller ungebändigter türkisfarbener Stacheln war, rutschte ungeduldig auf seinem Hocker hin und her. Und dann waren da noch Lina und Hedda, die Zwillinge. Sie flüsterten sich gegenseitig leise meckernd ihre Aufregung ins Ohr, während sie sonst annähernd regungslos auf ihren Vorderhufen saßen.

An der Stirnseite der Tafel schließlich throhnte Thorben_Lasse, Großvater der Familie Canoidea. Mit halb geschlossenen Augen pustete er im Sekundentakt kleine feuchte Atemwölkchen in die Runde. Und ab und an fielen die Tropfen, die sich in seinem weißen See-Elefantenbarthaar sammelten, auf seinen Bauch, bildeten dort kleine Pfützen, und rannen wie Tränen, sobald er sich bewegte, seitlich an ihm herab.

Gunda_Fenja ließ sich schwer atmend an der gegenüberliegenden Stirnseite der Tafel nieder. Der kleine Fiete klammerte sich an ihrem Hals fest.

„Baby!", raunte Ingmar dem Jüngsten zu, da dieser seinen Platz von letztem Jahr eingenommen hatte.

Die Großmutter ignorierte ihn. Sie schloss die Augen, ließ ein paar Sekunden verstreichen und eröffnete die Feierlichkeiten:

„Wir haben uns heute hier versammelt", begann sie, „um im Kreise der Jüngsten und Ältesten unserer Familie den Paulina-Tag zu feiern." Sie hielt inne. „So wie es Tradition ist", fügte sie hinzu und alle murmelten zustimmend:

„So wie es Tradition ist."

Sie nickte beinahe unmerklich.

„In diesem Jahr fällt der Paulina-Tag auf eine Mondfinsternis", erklärte sie ihren Enkelkindern, „und dies heißt für uns, dass wir die Paulina-Nacht, die Nacht also, in der alles geschah, genauso werden erleben dürfen, wie sie einst vor vielen, vielen Jahren tatsächlich geschah. Damals, als ein Teil unserer Vorfahren sich die Blauen nannten und vorwiegend auf dem Lande wohnten, und der andere Teil unserer Vorfahren die Gelben hießen und überwiegend im Wasser zuhause waren."

Die Zwillinge schauten sich ängstlich an, Ingmar rutschte näher an seinen Großvater heran und selbst Bengt, dem langen Lulatsch, kroch eine Gänsehaut den Rücken hinunter.

„Es war eine kriegerische Zeit damals. Eine Zeit der Unwissenheit. Eine Zeit des Unfriedens und des Argwohns. Eine Zeit der Dummheit und der Angst." Sie machte eine Pause, strich dem kleinen Fiete seine grünen Locken aus dem Gesicht und fuhr mit fester Stimme fort: „Und so haben wir uns hier und heute versammelt, die Jüngsten und die Ältesten, um den Paulina-Tag zu feiern. So wie es Tradition ist."

„So wie es Tradition ist", echote die Familie.

Sie gab den Zwillingen ein Zeichen mit ihrer Flosse. Die beiden rutschten von ihren Hockern, nahmen zwei große Kupferkessel vom Feuer und stellten sie geräuschlos auf den Tisch.

Als sie sich wieder gesetzt hatten, fuhr die Großmutter fort: „Zur Ehre von Paulina Coccinella Septempunctata, des tapferen Marienkäfermädchens, speisen wir heute Suppe blaugelb. Kornblumen- und Rapsblütensuppe, ein tieferes Blau, ein kräftigeres Gelb findet sich kaum in der Natur."

Demonstrativ fuhr sie mit großen Schöpfkellen tief in die Kessel und zeigte den Umsitzenden den tiefblauen im einen und den sonnengelben Inhalt im anderen Gefäß.

„Doch hört erst die Geschichte - so wie es Tradition ist."

Das Feuer der Fackeln warf unruhige Schatten auf Gunda_Fenjas Gesicht, als sie sich aufrichtete, tief Luft holte und zu erzählen begann:

„Ihr habt gehört von Sergej Ruminantia Puttejewitsch, dem Grausamen, Herrscher der Blauen", begann sie im Tonfall eines Barden, der auf dem Marktplatz Geschichten vorträgt.

„Er war ein Schaf!", kicherte Lina und schlug sich den Huf vors Gesicht. Thorben_Lasse hob seine rechte Augenbraue, ohne die Augen weiter als bisher zu öffnen, um sie auf ihren Regelverstoß des Schweigens aufmerksam zu machen, doch fügte selbst tief brummend hinzu: „Ein Dall-Schaf. Eines von diesen weißen aus Alaska."

„Und ihr habt gehört von Laurentius_Edward Pinnipedia, dem See-Elefanten, der sich gern als liberal darstellte, als Freund der Künste und des freien Lebens und der Herrscher über die Gelben war."

„Der mit dem Strich!", flüsterte der kleine Fiete ehrfürchtig.

„Ja, mein Kleiner, der mit dem Strich,", lobte ihn die Großmutter für seine Aufmerksamkeit.

„Mit dem Unterstrich!", verbesserte Ingmar, streckte seinem kleinen Bruder die Zunge raus und fing sich dafür unter dem Tisch einen Tritt seines großen Bruders ein.

„Es begab sich also vor vielen hundert Jahren folgende Geschichte, die uns überliefert ist:

„Sergej Ruminantia Puttejewitsch bereitete sich an jenem schicksalsschweren Tage mit großer Geste auf eine Rede vor, die ihm von seinen Beratern geschrieben worden war. Den Rücken gerade, das Kinn stolz vorgereckt, versuchte er sich die Worte einzuprägen, um bei seinen Untergebenen einen möglichst nachhaltigen Eindruck zu hinterlassen. Er war ein stattliches Schaf. Durchtrainiert bis in den letzten Muskel seines Körpers war er ein Vorbild für seine männlichen Untertanen und die weiblichen gerieten ins Schwärmen wegen seines fabelhaften maskulinen Aussehens. Wenn er sich in der Öffentlichkeit präsentierte, so verbarg er den rechten Huf stets hinter dem linken..."

„Wegen des verkrüppelten Hufes, nicht wahr Großmutter?", platzte es aus Hedda heraus.

Die Erzählerin nickte: „Sergej, der Grausame, hatte sich angewöhnt seinen rechten Huf hinter dem linken zu verstecken, wenn er vor seinem Volk sprach. So stand er also immer mit gekreuzten Beinen vor seinem Volk..."

„Wie wenn er aufs Klo müßte!", kicherte Lina und die Zwillinge prusteten los.

„Sergej war bekannt für seine Abneigung gegen alles, was nicht seinem Idealbild entsprach. War einer in seinem Volk übergewichtig, so wurde ihm wochenlang das Essen rationiert, trug einer die Haare zu lang, so fielen die staatlichen Friseure über ihn her, und am meisten gefürchtet waren seine Folterkammern. Wo er die Marienkäfer gefangen hielt und ihnen die Beinchen ausreißen ließ, wenn sie nicht bereit waren, ihre Punkte entfernen zu lassen. Mit glühenden Kohlen wurde ihnen Punkt für Punkt aus den Flügeln gebrannt und wer dies überlebt hatte, konnte hinterher weder fliegen noch krabbeln. Er hatte sein Marienkäferleben verwirkt."

„Aber Marienkäfer sind doch harmlos!", warf Ingmar mit weinerlicher Stimme ein.

„Mann, hast du es nicht kapiert?" Bengt war ungehalten, „er ließ sie foltern, weil er Angst vor ihnen hatte! Der große Sergej Ruminantia Puttejewitsch fürchtete sich vor Marienkäfern zu Tode! Und deshalb mussten sie auf der Deponie leben, weit abseits am Rande des blauen Reiches, und wenn er einen erwischte, riss er ihnen ein Beinchen nach dem anderen aus!"

Fiete klammerte sich an seiner Großmutter fest. „Keine Angst, mein Kleiner", tröstete sie ihn, „diese Zeiten sind Gott sei Dank vorüber!"

„Was passierte dann?", fragte Ingmar ungeduldig, obwohl er jede Einzelheit der Geschichte genauestens kannte.

„Folgendes passierte: Sergej bekam ein Geschenk. Und da es überraschend neben seinem goldenen Teller lag, als er gerade sein Mittagsmahl zu sich nehmen wollte, riss er es begierig an sich."

„Hihi!", Die Zwillinge konnten kaum an sich halten, „Jetzt kommt gleich die Stelle!"

„Psch!", fauchte Bengt sie an, „könnt ihr nicht einfach mal die Klappe halten?"

„Es war in eine dicke Lage Palmenblätter gehüllt, mehrfach mit einer dünnen Lianenschnur umwickelt und trug die Aufschrift: Für Sergej Ruminantia Puttejewitsch, den großen Herrscher des blauen Reiches!", erklärte Gunda_Fenja, „Sergej fühlte sich geschmeichelt, schüttelte es leicht, um zu sehen, ob es klapperte, betastete es mit seinen Hufen, beschnupperte es mit seiner schmalen Schafnase und als er es gerade aufreißen wollte, fiel ihm ein, dass er diesen triumphalen Moment doch mit jemandem teilen könne. Jemand, der bezeugen könne, dass er, der mächtige Herrscher, jedes Geschenk wert sei. Seine Wahl fiel auf seinen Berater Gaius Patagonicus. Er rief nach ihm und jener eilte sogleich zur Stelle.

‚Sieh her, Gaius, welch kostbares Geschenk mir gemacht wurde', prahlte er vor ihm und hielt ihm das Päckchen unter die Nase.

‚Wer hat es euch gemacht, dieses Geschenk?', fragte Gaius, um seinem Herrscher zu gefallen.

Sergej fiel ein, dass er es nicht wußte, und antwortete barsch: ‚Das ist doch nicht wichtig! Es wird von einem meiner dankesvollen-'

‚-dankbaren-', half Gaius,

‚dankbaren Untertanen sein. Weil ich ein gerechter Herrscher bin, ein…ein…'

‚-Wohltäter-'

‚ein Wohltäter der blauen Tierwelt. Das weiß doch jeder, also könnte es auch von jedem stammen,' gab er an. ‚Nun, ich werde es nun öffnen,' beschloß er und legte es auf seinem Rednerpult ab."

„Mach es endlich auf!", flüsterte Lina und rieb sich die Hände.

„Langsam löste Sergej den ersten Knoten, jedoch nicht ohne sich vorher der Aufmerksamkeit seines Beraters gewiß zu sein.

‚Sie genau hin, Gaius', witzelte er, ‚dies könnte ein …ein…ein geschichtsvoll wertlicher Zeitpunkt-'

‚-ein geschichtlich wertvoller Zeitpunkt-'

‚- sein, den du hier gerade miterleben darfst!'"

„Pf", entfuhr es Bengt, „wenn der wüßte, wie recht er hat!"

„Sergej knabberte mit seinem Schafsgebiß die Lianen durch, faltete ein Blatt nach dem anderen auseinander und stierte erwartungsvoll auf das, was sich gleich offenbaren sollte. Gaius trat näher heran, weil nun auch er gespannt war, was in dem geheimnisvollen Päckchen ohne Absender verborgen war. Noch eine letzte Lage Blätter verbarg das große Geheimnis.

‚Ich kann es kaum erwarten', rief Sergej und sprang unbeholfen in die Luft wie eines dieser jungen Lämmer, die das erste mal auf die Wiese dürfen.

‚Ich werde die Augen schließen, während ich die letzte Lage wegnehme', spannte er sich selbst auf die Folter.

Gesagt, getan. Während er seine kleinen Augen fest zusammengekniffen hatte, lösten die Vorderhufe die restliche Verpackung. Sergej hielt die Augen weiterhin fest verschlossen.

Gaius starrte entsetzt auf das, was vor ihm lag.

‚Oh mein Gott!', rief er, ‚Wer? Was? Warum-?'

Sergej, der seinen Ausruf für Begeisterung hielt, hatte Spaß an der Sache gefunden: ‚Beschreib es mir, Gaius', forderte er, ‚ist es aus Gold? Glänzt es? Ist es wertvoll? Soll ich jetzt die Augen aufmachen?'

‚Oh nein, oh nein', schrie Gaius entsetzt, ‚nur das nicht- Also...ich meine....es ist- nun, es ist...nein, nicht aufmachen!'

Gaius schaute sich schnell im Raum um, ob nicht irgendwer zu Hilfe eilen könne, weil er sich in dieser prekären Situation mit Sergej, dem Grausamen sehr unwohl fühlte. ‚Gaius, nun sag schon!', quengelte der Herrscher und betastete das Geschenk. Gaius stotterte: ‚Wir könnten...wir könnten es in den Safe legen, mein Herrscher!', kam ihm ein Gedanke, doch wie dies anstellen, ohne dass Sergej es zu Gesicht bekam? War es erst mal im Safe verschwunden, so war es außerhalb der Reichweite Sergejs, denn die Reichtümer wurden von Gaius und seinem Stab verwaltet.

‚Gaius, hörst du nicht!' Sergej schlug mit dem Vorderhuf laut auf den Tisch. Sein Berater zuckte zusammen.

‚Nun, Sergej Ruminantia Puttejewitsch-', begann er, doch in diesem Moment hatte der Diktator das Spiel satt. Er öffnete die Augen und starrte erwartungsvoll das Geschenk an.

Es dauerte zwei Sekunden bis er es erkannte, bis er blass vor Entsetzen zurücksprang. Seine Hufe wedelten in der Luft, als hätten sie Kontakt mit einem radioaktiven Pellet gehabt und wollten nun die Berührung schnellstmöglich rückgängig machen. Seiner Kehle entwand sich, einer Schlange gleich, ein hoher panischer Klagelaut. Das Klagen ging in Kreischen über, sein Gesicht nahm die Farbe seines hellen Felles an und er presste sich mit dem Rücken gegen die Wand, den Blick nicht von seinem Geschenk abgewendet. Er schnappte nach Luft. Rief laut und panisch um Hilfe und sank schließlich erschöpft an der Wand zu Boden.

Gaius löste sich aus seiner Starre und eilte zu ihm. Von dem Lärm aufmerksam geworden, waren mittlerweile mehrere Bedienstete und Wachen herbeigeeilt.

‚Was ist passiert?', wollte ein Bison wissen, dessen Schild das blaue Wappen Sergejs trug.

Gaius flüsterte: ‚Auf dem Tisch', und wies mit dem Kopf hinüber. Das Bison griff nach seinem Schwert, bereit dem vermeintlichen Angreifer den Kopf abzuschlagen.

‚Auf dem Tisch?', fragte das Bison verduzt.

‚Ja-a!', raunte Gaius und konnte nur schlecht das Lachen verhehlen, dass sich seinen Hals hinaufschlich.

‚Donnerwetter!', schrie das Bison, ‚Donnerwetter!'

Er nahm das Geschenk vom Tisch und betrachtete es ungläubig. In den Hufen hielt er einen rotglänzenden Schokoladenmarienkäfer mit sieben Punkten. ‚das hier?'

‚Das hier!', bestätigte Gaius und biss sich auf die Zunge, um nicht laut loszulachen. Das Bison, seinerseits von einem Lachanfall geplagt, bemühte sich um Contenance.

‚Nun Sergej Ruminantia Puttejewitsch, ich werde diesen Angreifer', er räusperte sich sekundenlang, bevor er weitersprechen konnte, ‚ich werde diesen Angreifer vernichten. Mit einem Schlag!'

Er fuchtelte damit vor Sergejs Augen herum, warf es sich mit ausladender Geste ins weit aufgerissene Maul und verschlang es samt Verpackung.

‚Weg!', brüllte er zufrieden, wie ein Zauberer, der ein Kaninchen verschwinden ließ. Doch er hatte nicht mit Sergej gerechnet, denn nun manifestierte sich dessen Panik vor dem Schokoladenkäfer am Bison selbst , so als sei aus dem winzigkleinen Käfer ein riesengroßer geworden und es endete damit, dass Sergejs Wachmann, der tapfer dem Feind ins Auge geblickt hatte, für immer weggesperrt wurde."

Gunda_Fenja blickte in die Runde. Die Fackeln waren beinahe heruntergebrannt, die beiden Suppentöpfe dampften in der Mitte des Tisches. Die Zuhörer verbargen ihre Müdigkeit unter gespannter Erwartung. Nur der kleine Fiete war auf ihrem Bauch eingeschlafen.

„Wer weiß, wie es weiterging?", fragte sie in die Runde.

Ingmar wusste: „Dann mussten sie herausfinden, wer den Marienkäfer geschickt hatte. Weil Sergej glaubte, jemand wollte Krieg mit ihm machen und der Käfer war die Kriegserklärung!"

„Keiner außer seinem engsten Kreis wußte von seiner Phobie, doch nun glaubte er sich verraten und verkauft!", fügte Bengt hinzu.

„Und sie fielen auf der Deponie ein und nahmen Paulinas Brüder fest, weil sie einen Schuldigen brauchten und weil Paulina immer wieder gegen die Zwangsentfernung der Punkte öffentlich demonstriert hatte!" Lina beschäftigte sich viel mit Paulina, dem Marienkäfermädchen.

„Und sie konnten nicht herausfinden, von wem das Geschenk kam und so blieb nur noch der Feind übrig, das gelbe Volk Und weil sie seine Strategie aushorchen wollten, kam Gaius schließlich auf die Idee, die Gelben zu einem Friedensfest einzuladen!", sagte Hedda eifrig.

„Friedensfest- pff!", pustete Thorben_Lasse verächtlich.

„Sergej ließ ein Einladungsschreiben verfassen, wo er den Namen von Laurentius falsch aufgeschrieben hat!"

„Er schrieb nicht den Namen falsch", belehrte Bengt seinen kleinen Bruder, „er verwechselte den Unterstrich in Laurentius`Namen mit einem Bindestrich. Er hieß Laurentius Unterstrich Edward Pinnipedia, nicht Laurentius Bindestrich Edward Pinnipedia."

„Dabei war Laurentius der Verfechter der Rechtschreibreform", pustete Thorben_Lasse, „er hatte verfügt, jeder dürfe so schreiben, wie er wolle. Und Punkte und Kommas und Bindestriche setzen, wie es gerade Spaß machte. Doch als Sergej diesen Unterstrich in Laurentius` Namen zum Bindestrich machte, war Schluß mit lustig bei Laurentius, dem See -Elefanten! Weil man seinen Namen falsch geschreiben hatte! Pfff, wie lächerlich!"

„Es war die Nacht der Mondfinsternis,", fuhr die Großmutter fort, „als das Fest stattfand. Es wurde eine lange Tafel gedeckt und Millionen von Glühwürmchen leuchteten für die Gäste. Der Mond war zur Hälfte noch zu sehen, als die Gelben ankamen. Sie wurden mit allen Ehren begrüßt, wie es bei einem Staatsempfang so üblich war. Die Hirschkäferkapelle spielte, die Lämmer tanzten in traditionellen blauen Kostümen und Sergej hielt mit gekreuzten Beinen eine von Gaius verfasste Rede."

„Und es gab blaue Suppe und gelbe Suppe!", freute sich Ingmar.

„Gaius hatte sich die Geschichte mit den Suppen ausgedacht. Eine zu Ehren der Gäste und eine zu Ehren der eigenen Reihen. Jeder Gast bekam zwei Teller. Einen für blau und einen für gelb", wußte Bengt.

„Als schließlich der offizielle Teil vorüber war, man sich gegenseitig seine Wertschätzung ausgesprochen hatte, nahmen alle am Tisch Platz und die Suppen wurden ausgeschenkt. Die Gäste waren erfreut über die sonnengelbe Suppe ihnen zur Ehre und sie speisten genüßlich und schlürfend, als sich langsam die Erde zwischen Sonne und Mond schob. An der langen Tafel wurde kaum zur Kenntnis genommen, dass das einzige Licht, das die Szenerie erhellte von den Glühwürmchen ausging."

„Jetzt kommt sie gleich!", Lina knabberte aufgeregt an ihren Vorderhufen.

„Wer kommt?", verschlafen öffnete Fiete seine Augen, doch er verstummte sofort, als er die gespannten Gesichter seiner Geschwister erblickte.

„Paulina!", formte Hedda den Namen ihrer Heldin mit dem Mund, ohne einen Ton von sich zu geben.

„Innerhalb weniger Minuten war der Mond vollkommen verdunkelt. Und genau in diesem Moment der absoluten Mondfinsternis stürmte Paulina Coccinella Septempunctata, den Schlachtuf ‚Freiheit für die Marienkäfer! Schluß mit der Zwangsentfernung unserer Punkte', auf den Lippen die Bühne. Sie baute sich vor Sergej, dem Dall-Schaf auf und forderte mit fester Stimme, ‚Ich fordere die sofortige Freilassung der Gefangenen!'.

Sergej wich ängstlich vor ihr zurück. Seine Wachen positionierten sich sogleich mit ausgestreckten Säbeln vor seinem Körper.

‚Sie hat mir den Käfer geschickt!', jammerte Sergej hinter dem Rücken seiner Wachen, ‚tötet sie!'

Die Gelben, die das Schauspiel amüsiert und gleichzeitig etwas verwundert beobachtet hatten, mischten sich ein.

‚Falsch, Sergej Ruminantia Puttejewitsch', Laurentius erhob sich von seinem Hocker, ‚der Marienkäfer war von meinem Volke gesandt. Ein Zeichen des Friedens und der ewig währenden Versöhnung!', verduzt fügte er hinzu: ‚Was hast du gegen Marienkäfer?'

‚Wurden wir nicht deshalb zu euch eingeladen? Um unseren Frieden zu festigen?', tönte die dünne Stimme einer halbwüchsigen Robbe aus den hintersten Reihen hervor.

‚Ja, ein Friedensfest?', wurden nun auch andere Stimmen laut.

‚Wer kann schon Frieden halten, der nicht mal meinen Namen richtig schreiben kann?', Verächtlich ließ sich Laurentius auf seinen Hocker fallen, ‚Sergej, du bist und bleibst ein Legastheniker! Und ein feiger noch dazu! Gehst mit Schwertern auf Marienkäfer los!'

‚Befreit die Gefangenen!', tönte Paulinas Ruf durch die Nacht. Dies war das Zeichen für die Glühwürmchen gewesen und sie verloschen. In der Verwirrung der Dunkelheit konnten sie annähernd ungehindert die Gefangenen befreien. Was sich jedoch in dieser Zeit an der Friedenstafel abspielte, spottet jeder Beschreibung:

Im Dunkeln, die Hufe, Flossen und Beine nach vorne ausgestreckt, riefen sich die Blauen und Gelben gegenseitig Beleidigungen an den Kopf und schlugen wild um sich. In der absoluten Dunkelheit konnten sie Freund von Feind nicht unterscheiden. Sie prügelten jeden, der sie berührte, ob absichtlich oder nicht, ob friedlich oder nicht. Sie metzelten alles nieder, was sich vermeintlich in ihren Weg stellte, während die Glühwürmchen und die Marienkäfer die Gefangenen befreien konnten."

„Wie dämlich!", platzte Lina hervor. „Sie waren doch zum Friedensfest gekommen!"

„Zum angeblichen Friedensfest", korrigierte Bengt seine kleine Schwester.

„Und die Kinder?", fragte Ingmar ängstlich, „wurden die auch getötet?"

„Die Kinder, mein lieber Ingmar, waren zum Fest nicht zugelassen gewesen", erläuterte Gunda_Fenja, „und deshalb waren sie die einzigen, die überlebten."

„Mit den Käfern zusammen, Oma!", korrigierte Ingmar.

„Es ist an der Zeit! Holt die Glühwürmchen rein!", forderte Thorben_Lasse. Und im nächsten Moment war die Küche von dem Leuchten der kleinen Käfer erfüllt. Die restlichen Fackeln wurden gelöscht und alles schauten zum Fenster hinaus, wann der Mond vollständig verdeckt war. Der Großvater schöpfte sorgfältig die Suppen in die Teller. Einen für die blaue Suppe, einen für die gelbe Suppe. Sie begannen zu essen und während sie andächtig löffelten, vollendete sich draußen am Himmel die Mondfinsternis.

„Wow!", flüsterte Ingmar andächtig, „wie gruselig!"

„Sei still!", mahnte Bengt, „Jetzt kommt das Wichtigste!"

„Nun meine Lieben", begann die Großmutter, „wollen wir tun, was Tradition ist."

„Was Tradition ist.", murmelte die Familie.

„Befreit die Gefangenen!", riefen alle im Chor und die Glühwürmchen erloschen. Ein paar Sekunden lang war es vollkommen still. Einzig das leichte Knacken der Glühwürmchen, das sie beim Erkalten machten, war zu hören.

„Stellt euch die Situation vor", ergriff die Großmutter das Wort, „was fühlt ihr?"

„Ich..."

„Wir..."

„Nicht alle auf einmal", mahnte die Erzählerin, „die Jüngsten fangen an. Fiete, wie geht es dir hier in der Dunkelheit?"

Der kleine Pinguin hing stocksteif in ihren Armen.

„Du hast Angst, nicht wahr?"

Er nickte nur heftig, was keiner sehen, die Oma jedoch in ihren Armen fühlen konnte.

„Wir feiern den Paulina-Tag, der im Volksmund auch der Tag der Erkenntnis genannt wird. Die Erkenntnis lautet: Ihr müsst nicht Angst haben vor der Dunkelheit der Nacht, doch habt acht vor der inneren Dunkelheit", sie ließ ihre Worte wirken, bevor sie weitersprach: „der Tag an dem wir die tapfere Paulina ehren und der uns die Lehre jener Nacht vor Augen führen soll!"

Sie schwiegen andächtig.

„Ingmar, was meinst du?", forderte sie den Zweitjüngsten schließlich zum Sprechen auf.

„Es ist verdammt dunkel", seine Stimme klang dünn, „Ich kann überhaupt nichts richtig erkennen."

Draußen am Himmel gab die Erde eine hauchdünne silberne Scheibe frei, so dass man zwar nichts erkennen konnte, doch vereinzelte Schatten deutlich wurden.

„Schau auf den Tisch, was siehst du da?"

„Die Suppe auf dem Tisch", flüsterte er, „ich kann nicht sehen, welche blau und welche gelb ist."

„Und so konnten sich die Blauen von den Gelben nicht unterscheiden!", triumphierte Hedda.

„Und was taten sie dann?"

„Sie prügelten alle gegenseitig auf sich ein!", Verachtung klang in Linas Stimme.

„Weil sie Angst hatten...", ergänzte Hedda.

„Und weil sie sich sowieso nicht leiden konnten!", setzte Lina ein.

„Ziemlich bescheuert, genauer betrachtet", kommentierte Bengt, der älteste der Enkelkinder.

„Mehr als das!", pustete Thorben_Lasse, „mehr als das!"

„Und nun kommen wir zu einem sehr wichtigen Punkt, meine Lieben!" feierlich setzte die Großmutter erneut an, „in wenigen Minuten, wenn der Mond wieder ein klein wenig Licht gibt, kehrt zu euren Suppentellern zurück und mischt die blaue mit der gelben Suppe. Denn genau dies passierte in jener folgenschweren Nacht. Die Suppenteller wurden im Getümmel umgestoßen und die blaue Inhalt mischte sich mit dem gelben und der gelbe mit dem blauen und es passierte, was damals keiner der Anwesenden mehr erlebte, wohl aber ihre Nachkommen, die am nächsten Morgen das Schlachtfeld sahen."

Alle sahen gebannt zum Fenster hinaus. Die Sichel wurde stärker und das Licht heller.

„Nun also ist es soweit", stellte Gunda_Fenja fest, „lasst uns tun, was Tradition ist!"

„Was Tradition ist", murmelte die Familie und alle begannen mit den Löffeln, Hufen oder Flossen die Suppen zu mischen.

Es entstanden smaragdgrüne kugelrunde Maare, grellgrün getupfte Seen, Schleifen und Schlieren der unterschiedlichsten Grünmischungen, mal giftig, mal dunkel, kurzum, ein Dschungel an Grün war, was entstand.

„Abgefahren!", nuschelte selbst Bengt, der dieses Schauspiel von klein auf kannte.

„Ich habe eine grüne Monsterwolke erschaffen!", freute sich Ingmar.

Und die Zwillinge übertrumpften sich gegenseitig mit immer neuen Mischungen und den Namen, den sie ihnen gaben: „Schneckenschleimgrün!", rief die eine, „Schwefelgelbgrün!", antwortete die andere.

„Schimmelnasiges Höhlengrün!"

„Wiesenfeuchtes Abendgrün!"

Und so ging es in einem fort. Selbst der kleine Pinguin Fiete ließ andächtig blaue Tropfen in gelbe Suppe fallen und stellte fest: „Grüne Tränen, Oma!"

Nachdem sie sich ausgelassen in grün gebadet hatten bis kein einziger blauer oder gelber Suppentropfen mehr übrig geblieben war, ergriff Gunda_Fenja erneut das Wort.

„Glühwürmchen!", befahl sie, „Licht an!"

Die Küche erstrahlte in hellem Licht und was vorher geordnet und weiß gewesen war, war nunmehr mit Grün bespritzt, besprenkelt, besudelt und betropft.

Thorben_Lasse blickte in die Runde und stellte zufrieden fest: „So sah es nach der besagten Nacht aus, denn nicht nur die Suppen hatten sich gemischt. Auch das Blut der Sippen hatte sich gemischt."

Es wurde ruhig im Raum. Alle betrachten andächtig, was sich nun im hellen Licht auf dem Schlachtfeld zeigte.

„Die Kinder glaubten an ein Wunder und feierten den Tag fortan als Paulina-Tag", sagte Hedda.

„Und sie lernten aus den Fehlern ihrer Vorfahren", ergänzte der Großvater.

„Und es gab nie wieder Blaue…"

„…oder Gelbe!", ergänzte Hedda ihre Schwester.

„Es gab nur noch grüne Tiere. So wie sich die Suppen und ihr Blut gemischt hatte!"

„Und keine Marienkäfer wurden je wieder gequält",

„Und Paulina, die tapfere Paulina Coccinella Septempunctata, die sich Sergej, dem Grausamen in den Weg stellte, um ihre Brüder zu befreien, wurde unser aller Vorbild!", strahlte Lina.

„Nun Kinder", ergriff Gunda_Fenja das Wort, „dies war die Geschichte von Paulina Coccinella Septempunktata, dem tapferen Marienkäfermädchen", Gunda_Fenja hielt einen Moment inne und schaute jeden einzelnen eindringlich an, bis sie weitersprach: „Vergesst niemals Paulina, die unser aller Vorbild wurde!"

„Und vergesst niemals die Lehre, an die sie euch erinnert!", ergänzte Großvater Thorben_Lasse mit seiner tiefen Stimme, „Habt keine Angst vor der äußeren Dunkelheit, doch nehmt euch in acht vor der inneren Dunkelheit!"

„Und feiert zu jeder Mondfinsternis mit euren Familien den Paulina-Tag", vollendete Großmutter Gunda_Fenja seine Rede, „so, wie es Tradition ist!"

„So, wie es Tradition ist", murmelte die Familie und nach und nach erhoben sie sich und gingen zu Bett.

Gigolo

Es war einer dieser Julitage, an dem man früh morgens bereits die Kraft der Sonne auf dem Kopf spürt, während um die nackten Beine noch der kühle Hauch der Nacht weht.

Ich entdeckte ihn auf der Gartenparty meiner Nachbarn. Er stand im Eck unter einem ausladendem Haselnussstrauch, abseits vom Trubel der heiteren Sommergesellschaft. Er wirkte selbstzufrieden. Sein Äußeres war ein wenig extravagant, doch dem Anlass angemessen. Wir feierten den dreißigsten Geburtstag des Hausbesitzers. Ich hatte mich mit meinem Sektglas in der Hand auf die Hollywoodschaukel zurückgezogen und beobachtete mit halb geschlossenen Augen die anderen Gäste. Die Stimmen der Partygäste zwitscherten wie ein bunter Vogelschwarm durch die Luft und nebenan sorgte das sanfte Brummen eines Rasenmähers für ein Gefühl der Geborgenheit. Genüsslich legte ich meine Beine hoch und lauschte den Geräuschen, während ich nach ihm Ausschau hielt. Es ging eine eigenwillige Faszination von ihm aus. Er wirkte unabhängig, selbstsicher und er strahlte eine nüchterne Eleganz aus. Von meinem gemütlichen Beobachtungsposten aus konnte ich ihn unauffällig ausspähen.

Zu gerne hätte ich ihn berührt- nur für einen kurzen Moment, als sei diese Berührung unbeabsichtigt, zufällig. Eine Berührung, wie sie unter Freunden selbstverständlich ist und die keinem aufgefallen wäre. Das kurze Vorbeistreifen meiner bloßen Arme an seinem Körper.

Ich schlürfte meinen Sekt und stellte mir vor, wie er duftete. Vielleicht eine Mischung aus Waldboden und frischem Tannenreisig, und ich musste mich beherrschen, um nicht vor ihm auf die Füße zu fallen und an ihm zu schnuppern, wie es ein Hund getan hätte, der einen anderen kennenlernen möchte.

Ich schloss die Augen. Sah ihn vor mir. Stellte mir vor, ihn einfach mitzunehmen. Meinen großen, verwilderten Garten umgibt eine meterhohe Dornröschenhecke, so dass wir ungestört wären. Ich stellte mir seine kraftvollen, geschmeidigen Bewegungen vor und musste recht abwesend gewirkt haben, als mich unerwartet eine männliche Stimme in die Wirklichkeit zurückholte.

„Na?", fragt diese süffisant, „verliebt?"

Vor mir stand eine braunverbrannte Mischung aus Matt Damon und George Clooney. Ich gab ihm den Spitznamen MG, was für Matt-George stand.

„Äh, ja", stottere ich verduzt, „äh, nein!" Ich hätte mir am liebsten die Zunge abgebissen, doch es war zu spät, der Köder was ausgeworfen.

Der Typ grinste einmal um den halben Kopf, offensichtlich hielt er sich für unwiderstehlich.

„Interessant! Interessant…", murmelte er, als sei er der Spezialist in Bezug auf mein Liebeslebens, doch ich hatte bereits genug von ihm und versuchte ihn loszuwerden.

Alles an ihm passte mir nicht: Die weiße Jeans saß ihm zu eng auf den Hüften, das weite, weiße Künstlerhemd hatte er Jean Paul Belmondo abgeschaut und seine Dritten kamen anscheinend aus der Bleichküche eines sehr wohlhabenden Zahnarztes.

„Sie waren wohl zu lange im Solarium?", fragte ich, „oder wo holt man sich so eine Bräune a la angebrannter Lebkuchen?"

Er grinste nun nicht mehr ganz so breit, doch aufgeben war offensichtlich nicht sein Ding. Ich schaute demonstrativ an ihm vorbei und MG folgte meinem Blick.

„Der da?", er ließ einen enttäuschten Lacher, einem kurzen trockenen Husten gleich, hören, „Du interessierst dich für Anton?"

Mittlerweile war mein Gastgeber, ein rundlicher Mann, dem man jedes Kindergartenkind vorbehaltlos anvertraut hätte, hinzu getreten. Er musterte uns und fragte im Plauderton: „Ihr seid per du?"

„Nicht, dass ich wüsste", knurrte ich und schwieg.

„Meinen Anton muss man einfach mögen", plapperte der Gastgeber weiter, um die gespannte Atmosphäre zu entschärfen. Mein Möchtegernfreund zeigte zur Antwort mit dem Sektglas auf mich. „Sie hat es auf ihn abgesehen, nicht ich!"

„Du?", er schaute mich an, als sei dies in seinen Augen ein vollständig absurder Gedanke. Er lachte hohl, doch als er mein Gesicht sah, fügte er hinzu: „Ich bitte dich, Süße, den bekommst du doch billig an jeder Straßenecke!"

Vom Nachbargrundstück wehte der Geruch frisch gemähten Grüns herüber und ich widerstand dem Impuls mich auszuziehen und nackt auf die Wiese zu legen. Ich wandte mich von den beiden ab und flüsterte: „Anton, Antoscha! Bald gehörst du mir!"

Warum kannte ich Anton noch nicht? Gab es gar ein neues Verzeichnis? Nachts, wenn der Schlaf ausbleibt, nehme ich mir meinen Katalog vor. Ich schwelge in Vorfreude, wenn ich mir ankreuze, welche der Bestellnummern ich demnächst heiser vor Aufregung durchs Telefon flüstern werde. Ich wollte ihn ganz für mich und ich bestimmte die Spielregeln. Ich würde ihn kommen lassen. Ihn einfach hier und jetzt mitzunehmen, hätte das Vorspiel verdorben und entspräche nicht meinem üblichen Ritual. Es käme einer schnellen, billigen Nummer im Badezimmer meines Gastgebers gleich. Ich gebe zu, früher bediente ich mich solcher Mittel, fast schäme ich mich dafür, doch heute, wo ich etwas älter und reifer geworden bin, wollte ich die Angelegenheit in jedem Akt bis zum Ende auskosten.

Es ist für mich wie der Besuch einer Oper. Da kommt man auch nicht eine halbe Stunde zu spät und geht vor Ende des Stückes. Nicht umsonst wird man nicht mehr eingelassen, wenn der erste Akt begonnen hat. Es würde das Vergnügen aller und nicht nur das eigene aus dem

Takt bringen und wesentlich schmälern, ja möglicherweise gänzlich verderben. Ein freundlicher, aber bestimmter Herr in schwarzem Anzug baut sich vor dem Tor zur Glückseligkeit auf und verwehrt dem Zuspätkommer den Eintritt. Zu recht! Man stelle sich vor, alle paar Minuten öffnete sich die Türe, und ein gebücktes Pärchen schleicht sich Entschuldigungen murmelnd durch die Reihen auf der Suche nach ihrem Sitzplatz. Sie können sich noch so devot benehmen, man könnte sie schlichtweg umbringen! Und wenn sie dann endlich sitzen, bemerkt man, dass der Akt auf der Bühne weiterhin unbeeindruckt der Situation im Zuschauerraum seinen Lauf nahm und derjenige, der pünktlich kam, um ein süßes Erleben betrogen wurde. Ein Stück aus dem Kuchen wurde herausgebissen, noch bevor er als Gabe überreicht wurde. Will ich das? Nein! Es ist unverzeihlich!

Bei einem Puzzle, und sei es noch so reich an Teilen, fällt zuerst das Fehlende ins Auge.

„Na, schöne Frau, so in Gedanken versunken?", Das Klirren eines Sektglases an meinem holte mich zurück auf die Hollywoodschaukel. „Ich heiße übrigens Matthias!" MG beugte sich verschwörerisch zu mir herab. „Freunde sagen Matze zu mir!"

„Das tut mir aufrichtig leid!" Ich sprang auf und stieß ihn unsanft von mir, was ihn aus dem Gleichgewicht brachte, doch ein Grüppchen giggernder Frauen fing ihn sanft auf, dankbar ob des schönen Mannes, der so unverhofft in ihre Arme sank.

„Auf zu neuen Ufern", dachte ich und schaute in Richtung des Haselnussstrauches. Doch Anton, das Objekt meiner Begierde, war verschwunden.

Das Mondlicht warf eigenwillige Schatten als ich mich spät nachts barfuß zu meiner Gartenhütte schlich. Nun ist es bereits zwei Jahre her, dass ich diese Perle inmitten der Großstadt mein eigen nennen darf. Meine Gedanken kreisen um meine Großmutter Florence. Sie war in jeder Hinsicht außergewöhnlich und hatte sich in den Kopf gesetzt, ihre Tochter, die meine Hippiemutter war, bei der Erbfolge zu umgehen. Aus mir unbekannten Gründen fiel demnach die Gründerzeitvilla im noblen Vororts Düsseldorfs an ihre Enkelin. Mich. Ich führte damals ein rast- und heimatloses Journalistenleben zwischen israelischen und deutschen Hotelzimmern, bis mich Florence aus dieser Not erlöste.

„Wenn Sie es nicht wollen, fällt es an die Stadt!", hatte mir der Notar bei der Testamentseröffnung nüchtern erklärt. Also zog ich ein.

Ich drehte den Schlüssel um, und öffnete die quietschende Tür. Der Geruch von Maschinenöl und feuchter Erde schlug mir entgegen. Rechen, Harken und Schaufeln hingen geduldig an der Wand, Draht und Gartenscheren warteten neben derben Lederhandschuhen auf ihren Einsatz. Ich setzte mich auf den abgeblätterten Holzstuhl an den alten Küchenschrank. Beides war eines Tages neuem Inventar gewichen und statt es auf den Sperrmüll zu bringen, hatte es einen ehrenvollen Platz in der Hütte erhalten. Ich zog eine der kleinen Schubladen auf. Sie war leichtgängig und gab mir bereitwillig ihren Inhalt preis: eine Handvoll weißer, pfeilförmiger Plastikschildchen, die mit so wunderschönen Namen wie Fleur d`Amour oder Kussröschen beschriftet waren. Die zierliche Handschrift hatte Florence gehört. Sie war eine Rosenliebhaberin gewesen und an vielen Plätzen auf dem weitläufigen Grundstück hatten ihre Lieblinge überdauert. Verwildert zwar, aber stolz und unbezwingbar. Doch ich war auf der Suche nach einem besonderen Anhänger. Ungeduldig schüttete ich den Inhalt der Schublade auf die schmale Ablage des Küchenboards. Und dann fand ich ihn. Endlich.

„Du hast den richtigen Platz, weißt du das?", ich lächelte ihn wissend an und hielt ihn fest in meiner Faust umschlossen.

Trompe-l`œil

Mit Ariane fing alles an.

„Ariane? Begehrtes Modell...", eine männliche, kaugummikauende Fistelstimme a la Marlon Brando ließ mich am Telefon zappeln. „Bleiben Se dran, muss gucken, ob die zum gewünschten Zeitpunkt noch verfügbar is".

Ich glaubte, er müsse meinen Herzschlag am anderen Ende der Leitung hören, doch er tat völlig unbeteiligt. Statt seiner Kaugeräusche mutete er mir nun in der kurzen Gesprächspause Verdi zu.

„Is Ariane für Sie selbst?", zischelte er, als Verdi endlich verklungen war.

Plötzlich hatte er wohl doch ein klein wenig Interesse bekommen, denn er las mir laut aus dem Verzeichnis vor: „Bestellnummer 000 276 530 9A 35?"

„Ja, habe ich doch schon gesagt!", ich wurde ungeduldig.

„Neukunde?"

„Äh?"

„Sind Se neu bei uns?" Er wartete eine Sekunde und als ich nicht antwortete, fragte er süffisant jedes Wort betonend: „Isses – das – erste Mal - für - Sie?"

„Hmh!", ich räusperte mich, „ja, hm, das erste, also, ja, äh Neukunde sozusagen!"

„Sozusagen!", äffte er mich nach, „also Se wollen die Ariane!" Er legte eine Kunstpause ein, „Vereint Kraft mit Ausdauer!" Er kicherte, was mir die Schamröte ins Gesicht trieb. „Klingt ja irgendwie vielversprechend, nich Fräulein?", versuchte er einen Scherz, „Was ham se denn mit ihr so vor?"

„Die Einzelheiten gehen explizit aus dem Katalog hervor, Herr...", verzweifelt versuchte ich mich an seinen Namen zu erinnern, den er anfangs unseres Gesprächs genuschelt hatte.

„Ja, äh, also, ist sie nun da, also kann ich sie haben oder nicht?"

Er schwieg, wahrscheinlich war er mit einer luftballongroßen Kaugummiblase beschäftigt, denn nach wenigen Sekunden hörte ich ein leises Plopp, und ein Fluchen drang aus dem Hörer. Ich wünschte die Reste seines zerplatzten Kunstwerkes möge von seinen Augenbrauen bis hin zu seinem Kinn sein gesamtes Antlitz zieren, doch ich fragte höflich. „Nun, wie sieht es aus? Kann ich Ariane am Wochenende haben?"

„Jaja.", Seine Stimme kam von weit her, „se wird geliefert!", und damit legte er ohne weitere Erklärung auf.

Der Nachbarn wegen sehe ich zu, meine Geschäfte so diskret wie möglich abzuwickeln. In meinem Viertel zu wohnen, und sei es auch noch so nobel, gleicht in vielerlei Hinsicht dem Leben auf dem Dorf. Ich weiß nicht, ob mich meine Nachbarn deshalb etwas kritischer beäugen, weil mir dieses Grundstück wie eine Sternschnuppe in den Schoß fiel oder einfach nur aus Neugierde. Da wird hinter jedem Päckchen eine heimliche Bestellung schwarzer Spitzenstrings vermutet, die Frau natürlich nicht für ihren Göttergatten trägt, den ich ja nicht vorweisen kann. Dies allein stellt bereits ein großes Verdachtsmoment dar und jeder Mann, der über meine Türschwelle tritt, sorgt für Aufsehen. Gardinen werden beiseite geschoben, Nachbarn, die man sonst nie im Garten sieht, fangen plötzlich an, stundenlang ihren Rasen zu trimmen. Meine Lieferungen werden von oben bis unten mit den Augen abgescannt, so dass ich sie schnell durch die Haustüre schiebe, damit wir die ungestörte Intimität meiner Villa nützen können. Doch auch die Fahrer der Lieferfahrzeuge, in der Regel sind dies dunkle Kastenwägen mit undurchsichtigen Scheiben, können mich schnell aus der Fassung bringen.

„Na, ist es mal wieder soweit?", wollte neulich einer wissen. Ich er-

Trompe-l'œil

rötete und steckte ihm ein großzügiges Schweigegeld zu, damit er schnell wieder verschwand.

„Das letzte Mal gab`s Probleme, Sie müssen sorgfältiger sein!", ermahnte er mich mit erhobenem Zeigefinger wie einen Pennäler.

Kaum war er eingestiegen, spähte Frau Sonnenschein von schräg gegenüber über den Zaun: „Wieder dieses schwarze Auto!", sagte sie mehr zu sich selbst, als zu mir, „es würde mich wirklich interessieren, was Sie mit denen so anstellen?" Nachbarn können gnadenlos sein.

„Statt Fitnessstudio!", blaffte ich sie kurz an und beförderte meinen Neuankömmling so schnell wie möglich hinein.

Ariane war schön wie eine griechische Göttin und wie ihr Name bereits vermuten lässt, unergründlich wie das Weltall. Das neue Jahr war noch jungfräulich, als ich ihr mein unberührtes Paradies zeigte. Wir erforschten jeden Winkel und sie zog mich von Anfang an in ihren Bann. Mit Ariane zusammen zu sein, kam einem Abenteuer gleich, welches ich kaum zu beschreiben vermag. Es veränderte mich und es veränderte mein Leben. Ich tastete mich vorsichtig an sie heran, versuchte sie und ihre Intentionen einzuschätzen, doch aus anfänglich sanfter Unnachgiebigkeit war schnell ein intensives Fordern geworden. Und wenn ich sie mit meinen verschwitzten Händen an mich klammerte, so dass ich ihre Herz schlagen hörte und dies zu unserem gemeinsamen Rhythmus wurde, dann fing sie an, für mich zu singen. Eigenwilliger, unmelodischer Gesang in einer mir fremden Sprache. Wir verschmolzen ineinander und wir rangen um die Vorherrschaft, während ihre kräftigen Bewegungen längst zu meinen geworden waren und ich ihren forschen Vorstößen, mit denen sie mich beherrschte, nur noch mit hilflosem Stöhnen begegnen konnte. Wir kämpften einen ungleichen Kampf und sie rang mich nach Punkten nieder. Fort war ihre zärtliche Strenge, und an ihre Stelle traten eindeutige Zeichen und Geräusche. Sie fauchte und zischte, und ihre Stimme glich der von Sirenen. Sie übernahm die Führung, und ich war ihr annähernd willenlos ausgesetzt. Sie bestimmte unser Tempo. Sie gab die kurzen Verschnaufpausen vor, wenn ich mich erschöpft an den rauen Birkenstamm lehnte, meine angestrengten Arme von der ungewohnten Haltung sinken ließ, wohl wissend, dass dies noch lange nicht das Ende war. Sie forderte die akrobatischsten Stellungen von mir. Einmal schwebte sie über mir, dann versank sie wieder zwischen meinen Beinen. Leise stimmte sie erneut ihren außerirdischen Gesang an, wenn mich die Kräfte verließen. Ich musste sie bremsen, ihr Einhalt gebieten. Sie umfing mich mit ihrem Spinnennetz und raubte mir den Willen, indem sie mir ihren überstülpte und ich sie schließlich nach ekstatischem Zucken meiner Glieder kraftlos zu Boden sinken ließ. Dies war Ariane. Sie hatte den Samen des Verlangens in mir gesät und er wuchs und gierte nach Aufmerksamkeit und Raum.

Ich öffnete meine Faust und las die zwölfstellige Nummer auf dem weißen Plastikkärtchen. Es war bereits kurz vor Mitternacht, als eine Computerstimme mich aufklärte: „Wenn Sie Fragen zur Verfügbarkeit haben, wählen Sie bitte die Eins. Wenn Sie Fragen zur Lieferzeit haben, wählen Sie die Zwei. Wenn Sie...!"

„Jaja, weiß ich alles schon!", versuchte ich ihre Leier zu unterbrechen und spielte mit meinen Fingern auf einem unsichtbaren Piano die Tonleiter rauf und runter.

„...die Drei!"

„Na endlich", seufzte ich und wählte die Drei.

Nun verwandelte sich die Computerstimme in eine menschliche, sehr jung klingende Frauenstimme. „Sie haben die Drei gewählt", stellte sie fest, „was kann ich für Sie tun?"

„Ich wollte fragen, wann ich denn Anton haben kann. Also wenn ich ihn jetzt gleich bei Ihnen bestelle, kommt er dann auch schon morgen früh?", haspelte ich.

„Bestellnummer?"

Ich ratterte die Nummer runter und wartete auf Verdi.

„Wohin?"

Ich nannte ihr meine Adresse.

„Wir bieten den Early Bird, den Midnight Special und den Midday Heat an", fuhr sie unbeeindruckt fort, „Welche Lieferung möchten Sie?"

„Nun, wie ich bereits sagte, ich hätte ihn gerne morgen früh. Ist das dann der Midnight Special?", fragte ich unsicher.

„Gut, dann den Midnight Special!" Sie hatte offensichtlich keine Lust mir die verschiedenen Lieferarten näherzubringen.

„Moment!", rief ich, „wann kommt er denn jetzt?"

„Beim Midnight Special kommt die Ware zwischen 23 Uhr und ein Uhr morgens an. Garantiert!" Ich konnte sie förmlich strahlen sehen.

„Das wollte ich nicht!", schrie ich in das Telefon, „hören Sie! Ich will ihn morgen früh oder spätestens morgen Vormittag!"

„Dann dürfen Sie keinen Midnight Special bestellen!" Sie wirkte genervt.

„Was dann?"

„Nun", dozierte sie, „wenn sie vor Mitternacht bestellen, so können wir Ihnen die Bestellung zwischen zehn und zwölf Uhr am Vormittag ausliefern. Nun ist es jedoch null Uhr sieben und somit kommt für Sie nur noch der Early Bird in Frage, denn Sie sind ja sehr früh dran!"

Mich beschlich das Gefühl, als gönne sie mir Anton nicht.

„Wegen sieben Minuten?", rief ich ungehalten, „wegen läppischer sieben Minuten?"

„Wollen Sie Anton nun oder wollen Sie ihn nicht?"

Hätte ich eine Alternative gehabt, so hätte ich sie jetzt zum Teufel gewünscht, doch es gab keine.

„Gut", ich gab auf, „dann eben diesen frühen Vogel. Wann kommt er dann?"

„Nun heute ist Samstag... am Montag gegen dreizehn Uhr!", triumphierte sie, „Wie wollen Sie bezahlen?"

„Montag? Dreizehn Uhr?", ich war entsetzt. „Haben Sie keine Sonntagslieferung?"

„Selbstverständlich, aber hierfür können wir keinen Early Bird akzeptieren",

„Und keinen Midnight Special und keinen Midday Heat, nehme ich an!", vollendete ich ihren Satz.

„Sonntagslieferungen sind immer Premiumversand und das bedeutet fünfzig Prozent Aufpreis!", säuselte sie.

„Fünfzig Prozent?"

„Fünfzig Prozent!"

„Wieviel macht das dann insgesamt?", wollte ich wissen. Sie nannte mir einen Preis, der mir kurz den Atem nahm. Doch wenn ich mir etwas in den Kopf gesetzt hatte, dann musste ich es auch durchziehen. Egal, was es kostete.

Ich sah meine Freundin vor mir, die jedes Mal mit Unverständnis auf meine Bestellung reagierte. Doch vielleicht war es auch Neid und sie würde gerne bei meinem Spiel dabei sein. Nur wenige Frauen trauen sich, was ich hier tue, und sie wissen nicht, welch köstlich süßes Vergnügen ihnen entgeht. Sie geben sich mit dem zufrieden, was man ihnen zuweist und halten brav still und aus, verwehrt man ihnen ihre Wünsche. Ich bin nicht so. Ich möchte mein Begehren gestillt wissen und nicht auf die Schnelle, zwischen Tür und Angel. Nein. Ich möchte es genießen, von Kopf bis Fuß. Jeden einzelnen Akt. Und immer wieder aufs Neue. Denn ich bin unersättlich, was diese Dinge angeht. Wenn ich hinterher bar jeglicher Kräfte auf meiner Wiese liege und den Wolken zuschaue, wie sie vorbeiziehen, ertappe ich mich bereits wieder bei dem Gedanken an das nächste Mal, wenn ich den verführerischen Nektar der Lust kosten darf. Ich schmiede Pläne, auf welche Art und Weise ich diesmal Befriedigung erlangen kann. Ich liebe die Abwechslung und die Herausforderungen, die meine unterschiedlichen Spielgefährten mir zu bieten haben. Leidenschaft, das ist es, was ich spüren möchte, an meinem Körper, in meinem Körper. Pure Leidenschaft.

„Dafür haben Sie ihn auch übers Wochenende", kam die nette Stimme aus dem Telefon, „Und er steht Ihnen die ganze Nacht zur Verfügung!", wiederholte sie und kicherte.

Nach Ariane war mein nächster Spielgefährte männlich, und auch er ließ keinerlei Wünsche offen. Er kam am frühen Morgen und wir hatten den ganzen Tag für uns. Er hatte den schlanken, kräftigen Körperbau eines Triathleten. Seine körperliche Präsenz ließ mich seinen Namen vergessen. Meine Finger tasten begierig jede Wölbung seines stählernen Körpers, er strahlte die kühle Brise einer Sommernacht aus. Da draußen Schnee fiel, tobten wir beide uns im Wohnzimmer aus. Er kam gleich zur Sache, ohne Vorspiel. Es war ein sehr intensives, jedoch kurzes Vergnügen, so dass wir es beliebig oft wiederholen mussten. Eins musste man dieser Firma zugestehen, sie hielt sämtliche Versprechen, die im Katalog standen! Er hielt jeder Aufgabe stand, und es dauerte den ganzen Nachmittag, bis ich endgültig genug hatte. Gegen Abend entzogen sich meine Glieder endgültig der Kontrolle, und ich sank auf dem warmen Dielenboden in tiefen Schlaf. Als ich viele Stunden später verschwitzt und mit zerrissener Kleidung aufwachte, lag er neben mir. Mein Arm umschlang seinen

Körper. Meine Wohnung sah ziemlich verwüstet aus. Sie glich einer unfertigen Baustelle. Umgeworfene Gegenstände, als habe Jane mit King Kong getobt, lagen auf dem Boden und sogar mein friedfertiger Buddha, der bisher leise und unscheinbar auf dem breiten Blumensims gethront hatte, lag zersprungen auf dem Parkett. Die Yuccapalme hatte einen ihrer Äste eingebüßt. Er hing abgeknickt an ihrer Seite. Einzig mein voller Kaffeebecher stand unversehrt auf dem Kaminofen. Ich hatte ihn im Eifer des Gefechts vergessen. Zum Kaffeetrinken war keine Zeit gewesen.

Es klingelte. Ich hielt mitten im Zähneputzen inne. Konnte das schon Anton sein? So früh? Hastig spülte ich meinen Mund aus und beeilte mich, die Haustüre zu öffnen. Vor mir stand MG, der Lebkuchenmann.

„Scheiße!", entfuhr es unweiblich meinem zahnpastaverschmierten Mund, jedoch mein Gegenüber schien nicht im Mindesten überrascht zu sein.

„Du wolltest doch Anton haben!", grinste er und seine Zähne hatten nichts an Strahlkraft verloren. Er wies neben sich. „Here we go!", rief er fröhlich, „bitte einmal unterschreiben". Er hielt mir einen dieser Riesentaschenrechner vor die verduzte Nase, auf dem man mit einem minenlosen Stift seinen Namen hinkritzelt. Würde jemand mir, dem Unterschreibenden, nur eine Stunde später diese Hieroglyphen zur Identifikation vorlegen, auf Papier gedruckt diesmal, so würde ich beim Grabe meiner sämtlichen Großmütter schwören, dies sei unter gar keinen Umständen eine von mir geleistete Unterschrift. „Have fun!", rief er mir noch zu, bevor er verschwunden war, jedoch nicht ohne mir vorher ein zweideutiges Augenzwinkern zugeworfen zu haben. Er schob mir Anton zu. Hastig warf ich die Tür hinter uns zu.

„Wow!", sagte ich geistreich, „jetzt bist du also da!" Ich bugsierte meinen Gast ins Wohnzimmer und freute mich aufs Auspacken, eine meiner liebsten Beschäftigungen. Ich tanzte um Anton herum, nahm hier etwas fort, ließ dort etwas fallen. Manchmal benutze ich auch ein Cuttermesser, wenn ich ungeduldig bin und nicht abwarten kann, was sich meinen begierigen Augen präsentieren wird, doch heute wollte ich mir Zeit lassen. Ich zog die langsamere Variante vor und spürte die erregende Vorfreude, die ich bereits als Kind verspürte, wenn es um das Auspacken von Weihnachtsgeschenken ging. Das Band zu lösen, sich den Inhalt vorzustellen, die Erfüllung lang gehegter, mitunter schlecht verhohlener Träume - das kühle Geschenkpapier, welches das Wesentliche verhüllt - diese köstliche Sekunde, wenn das rote Samtband zu Boden gleitet - erwartungsfrohe Blicke auf der einen, begierige auf der anderen Seite. Dann, einen tiefen Atemzug lang, die Sekunde des Zögerns, die Angst vor der Enttäuschung.

Doch die Neugierde siegte und nachdem ich mir ein letztes Mal ausgemalt hatte, was mich erwartete, riss ich ungeduldig die schützende Hülle weg. Ich betastete ihn gierig von oben bis unten. Er rührte sich nicht vom Fleck und er sagte keinen Ton. War das alles? Warum passierte nichts? Was hatte ich falsch gemacht? Hatte ich nicht während der letzten kurzen Nacht noch eilig alles für seine Ankunft arrangiert? Hatte ich nicht mit Bedacht meine Kleidung gewählt, mich nicht tausendmal vor dem Spiegel an- und wieder ausgezogen, voller Sorge dem Anlass entsprechend nicht passend gekleidet zu sein? Ich probierte hellgrüne Shorts abwechselnd mit enganliegenden Leggins, tauschte die sommerliche Leinenbluse mit dünnen Trägershirts. Was passte ihm nicht? Ich beschimpfte ihn, ich flehte ihn an, ich erniedrigte ihn, ich schüttelte ihn, ich schlug ihn, ja ich drohte gar, ihn umgehend abholen zu lassen! Nichts. Ich grübelte und grübelte, während er schmollend in der Ecke stand. So starrten wir uns eine Weile unnachgiebig an und ich war gewillt ihm den Rest meines Piccolos entgegen zuschleudern. Ich nahm ihn wütend mit nach draußen und ließ ihn fürs Erste zwischen Holunder und Maulbeerbaum links liegen.

Prinz Charles glotzte mich verständnisvoll an, als ich unbekleidet zu ihm ins kühle Nass stieg. Die Weisheit von Jahrhunderten sprach aus seinen trüben Augen und fast schämte ich mich, von ihm, dem Herrscher meines Gartenteiches, bei einer Niederlage ertappt worden zu sein. Der Karpfen wurde mir einst von einem fetten roten Kater vor die Füße geworfen. Der Fisch war voller Wunden, und als ich ihn beerdigen wollte, erkannte ich, dass er noch lebte. Erschrocken warf ich ihn in einen Eimer Wasser und rief ratlos meinen Tierarzt an. Dieser jedoch, ein auf Pekinesen und Pinscher spezialisierter Heiler der lebenden Spielzeuge reicher Leute, lachte mich unverhohlen aus und riet mir, ihn in irgendeinem Tümpel auszusetzen, den Rest werde Mutter Natur schon erledigen. Doch da mir diese hilflose verletzte Kreatur in dem grünen Putzeimer leidtat und vielleicht, weil ich dem fetten Kater eins auswischen wollte, beschloss ich, dem Karpfen einen Namen zu geben und somit nahmen die Dinge tatsächlich ihren Lauf. Eine Zeit lang wohnte er in einer Art Einliegerwohnung für verwundete Fische: meiner 1000 l fassenden Regentonne. Er schien sich wohl zu fühlen, und allmählich wurde aus seinen zuckenden Schwimmbewegungen, mit denen er versuchte seine deutliche Schlagseite auszugleichen, wieder flüssige, harmonische und kraftvolle Flossenschläge. Auf besonderer Weise beeindruckte mich dieses starke, stumme Wesen. Mittlerweile hatte ich über Karpfen gelesen und ich wusste, dass sie in Japan von Generation zu Generation weitervererbt wurden. Ich erfuhr, dass sie bis zu 200 Jahre alt werden können und so wuchs meine Achtung vor ihnen.

Prinz Charles und ich freundeten uns an. Ich fütterte ihn, versenkte dicke runde Kieselsteine in meiner Regentonne und mit schwimmenden Teichpflanzen versuchte ich ihm ein behagliches Zuhause zu schaffen. Doch ich war mir darüber im Klaren, dass er, war er ja schließlich adeliger Herkunft, auf Dauer ein adäquateres Domizil bevorzugte. Doch würde er mich aufgrund seiner asiatischen Vorfahren diesen Mangel niemals spüren lassen. Und so kam es, wie es kommen musste. Ich verzichtete in diesem Jahr auf meinen Urlaub, ließ statt dessen eine

Gartenbaufirma kommen, die einen Teil meines großen Grundstückes in einen Naturschwimmteich verwandelte. Die eine Hälfte des großzügig angelegten Gewässers war für meinen adeligen Freund Prinz Charles reserviert. Ein Biotop reinster Güte. Es gab Schilfpflanzen, die ihn vor Katzenattacken schützten, Seerosen, die üppig die Teichoberfläche schmückten und eine Vielzahl von Wasserpflanzen, die seine Wohnzimmereinrichtung darstellten. Eben alles, was das Herz eines Karpfens so begehrt. Die andere Hälfte des Teiches jedoch diente der Erquickung meines Körpers und sie war groß genug, um einige Züge darin schwimmen zu können. Prinz Charles liebte es lautlos neben mir her zu gleiten, er biederte sich jedoch nie an und bewahrt bis heute seine stolze Unabhänigkeit. Nie wieder ist es einer Katze gelungen sich seiner zu bemächtigen, obwohl der fette Rote oft regungslos am Ufer sitzt und die Wasseroberfläche mit seinen unergründlichen, grünen Augen hypnotisiert.

Ich kletterte aus dem Wasser und ging zielstrebig, nackt wie ich war, auf Anton zu. Ich stemmte beide Arme in die Hüften und sagte zu ihm: „Ich krieg dich schon noch, Antoscha, worauf du dich verlassen kannst!"

Daraufhin hob ich mein Handtuch vom Boden auf und während ich mich abtrocknete, überlegte ich meine Vorgehensweise. Ob ich im Katalog nachschauen sollte? Ich kannte den Text bereits auswendig. Da war von einem verlässlichen Begleiter, von enormer Leistungsfähigkeit und einem Powerpaket die Rede. Er sei zwar relativ teuer, aber, da er auf der ganzen Linie überzeuge, habe er sich bereits einen Platz in der Kategorie ‚Oberklasse' gesichert. Danke! Soviel dazu. Und jetzt? Anrufen? Nein! Ausgeschlossen! Ich würde mich zur Lachnummer machen und hatte weder Lust auf kaugummikauendes noch auf sonstwie desinteressiertes Publikum für meine peinliche Vorstellung. Ich ließ mein Handtuch fallen. „Also gut, mein Junge", dachte ich und verschwand ins Haus. Zugegebenermaßen hatten wir heute morgen einen etwas überhasteten Start gehabt und so ging ich erneut ins Badezimmer, um mich zu schminken, meine Friseur zu ordnen und anschließend eine neue Kollektion sommerlich-luftiger Klamotten durchzuprobieren. Zwischendurch schielte ich zum Fenster hinaus, doch Anton stand nach wie vor unbeweglich auf seinem Platz. So wie auf der Gartenparty, als wir uns kennen lernten. Ich wählte einen Bikini und warf mir noch schnell ein altes kariertes Herrenhemd über. Dann ging ich wieder in den Garten. Im Plauderton erzählte ich Anton von seinen vielfachen positiven Kundenrezensionen und wie überzeugt ich davon war, er sei der einzig Richtige. Ich schlich um ihn herum wie eine Katze, die um Aufmerksamkeit bettelt und, ich weiß nicht, ob ihn das beeindruckte, als ich ihm liebevoll seine Seite tätschelte, kam tief aus seinem Innern zuerst ein sanftes Rumoren, welches zu einem Brummen anschwoll, so dass ich erwartete, er würde für mich singen, wie es Ariane getan hatte.

„Ja, Antoscha", flüsterte ich ihm zu, „sing für mich!", und wir begannen unseren Reigen. Antoscha ein Powerpaket zu nennen, war schlichtweg untertrieben. Hatte er erst einmal die Kennenlernphase überwunden, konnte ihm sich nichts und niemand mehr in den Weg stellen. Er tanzte und tobte durch meinen Garten wie ein wildgewordener Derwisch, und ich hatte meinen Spaß mit ihm. Ihm zu nahe zu kommen, glich dem Tanz am Rande eines Vulkans, er glühte, und fast erwartete ich, ihn Lava spucken zu sehen. Er war in jeder Hinsicht außergewöhnlich. Er gab mit ungezügelter Kraft den Takt vor, dem ich mich willig unterordnete, ja, dem ich gar nichts als den Verlust meiner Selbst in diesem Augenblick unserer Vereinigung entgegen zu setzen hatte.

„Ich brauche dringend eine Pause, Antoscha!", stöhnte ich Stunden später, riss mir das Hemd vom Leib und warf es achtlos auf meinen Rasen. Er hingegen war offensichtlich noch lange nicht ausgelastet, also machte er einfach weiter, während ich mich für eine kleine

Auszeit neben den Gartenteich setzte. Später wagten wir noch einige gemeinsame Runden, doch am Nachmittag war ich so ausgepowert, dass ich mich der Länge nach aufs Gras fallen ließ und schwer atmend in den Himmel starrte. Eine wohlige Befriedigung machte sich breit. Ein satter Säugling, dem die Milch aus den Mundwinkeln rinnt.

Mein Pulsschlag hatte sich kaum beruhigt, als ich eine Stimme näherkommen hörte.

„Dein neues Spielzeug ist ja enorm vielversprechend!" Rosanna blickte amüsiert auf unser Schlachtfeld. Überall lagen die Spuren unseres Kampfes verstreut und verschwitzte Kleidungsstücke zierten die Stationen, die Antoscha und ich gemeinsam leidenschaftlich durchlebt hatten.

„Wow, was für ein Fight!", stellte sie fest und schielte begierig auf meinen Partner.

„Brauchst du zufällig Hilfe?", fragte sie, „es soll ein Gewitter kommen!"

Ich grinste sie an und spürte ihr Begehren, als sei es mein eigenes.

„Darf ich mitspielen?" Sie konnte die Augen nicht von Anton abwenden.

„Bitte!", sagte ich, „aber sei vorsichtig, er kennt keine Gnade!"

Aus meiner Froschperspektive beobachtete ich das Muskelspiel ihrer langen schlanken Beine, die sich langsam auf Antoscha zubewegten. Mit ihrer kurzen Khakishort sah sie aus wie die Assistentin irgendeines Dschungeldoktors, bereit, sich im unerforschten Urwald für irgendeine aussterbende Affenart mit mordenden Wildererbanden anzulegen. Im Laufen streifte sie sich mehrere bunte Haarbänder vom Handgelenk und versuchte damit, ihr volles Haar zu bändigen.

„Es könnte heiß werden!", lachte sie, warf ihre Bluse achtlos zu Boden und stand nun im schwarzen Top vor Antoscha. Ich beobachtete ihren muskulösen, geschmeidigen Körper und empfand Eifersucht, als die beiden ihr Ballett begannen, als sie sich näher kamen, sich hochpuschten in ihrem gegenseitigen Rhythmus, er mit schierer Kraft, sie mit nicht enden wollender Ausdauer, und sie sich nicht mehr voneinander lösen konnten. Ich lauschte den Geräuschen ihrer Lust, wie sie zu einer Einheit verschmolzen, und ich zum Voyeur wurde.

„Er ist unglaublich!", stöhnte Rosanna und warf mir einen glücklichen kurzen Blick zu, „Wahnsinn! Wie konntest du ihn mir vorenthalten?" Ihre Augen glänzten. Sie schüttelte mit einer schnellen Kopfbewegung eine lockig verspielte Strähne aus ihrem verschwitzten Gesicht, die sich jedoch jeder Anstrengung widersetzte und sofort wieder zurückfiel. Ich richtete meinen Oberkörper auf, um besser sehen zu können. Gestützt auf meine Ellenbogen lag ich nun da, und wusste nicht recht, ob ich eifersüchtig sein sollte oder neidisch, und ich wusste auch nicht, wie ich mit meinem erneut aufflammenden Begehren umgehen sollte.

Ich schloss die Augen und überließ die beiden sich selbst. Während ihre Geräusche an mein Ohr drangen, spürte ich, wie die Luft um mich herum deutlich abkühlte. Ich begann zu frösteln und schlug die Augen auf. Der Himmel hatte sich graugelb verfärbt und bereits klatschen die ersten schweren Tropfen nieder. Keine Minute später hatte unter Donnergrollen starker Regen eingesetzt. Wir ließen alles stehen und liegen und rannten ins Haus. Lachend flüchteten wir ins Wohnzimmer.

„Yeah!", rief Rosanna enthusiastisch, „was für ein Abgang!"

Tropfend standen wir im Wohnzimmer.

„Wir haben Anton vergessen!", stellte Rosanna nüchtern fest. Wir beobachteten ihn versonnen, wie er da vor der Hecke stand, umgeben von abgeschnittenem Grünzeug. Inzwischen begleiteten vereinzelte Hagelkörner den dichten Regenguss. Sie schlugen auf seiner harten Oberfläche auf und sprangen sofort wieder von ihm weg wie Flöhe.

Ich fragte Rosanna: „Hast du den Stecker rausgezogen?"

„Den Stecker?", fragte sie, während sie durchs Fenster starrte. Offensichtlich bedauerte sie, dass ihr Werk so abrupt unterbrochen wurde. Die Feuchtigkeit hat ihr Haar noch krauser werden lassen, und sie sah umwerfend aus. „Wird er morgen schon abgeholt?", fragte sie.

Wortlos entzog ich Anton den Lebenssaft, indem ich den Stecker aus der Steckdose zog und fuchtelte damit lehrerhaft vor ihrer Nase herum.

„Elektrische Geräte und Wasser, meine Liebe, das ist ungefähr so kompatibel wie...!"

Sie beachtete mich nicht. Ich rannte nochmal zur Hecke und zerrte Anton, den Häcksler, hastig in die Gartenhütte. Als ich wieder ins Wohnzimmer trat, war ich klatschnass. Rosanna hatte sich nicht vom Fleck gerührt und sah immer noch zu der Stelle, wo Anton das Gras niedergedrückt hatte.

„Und Ariane?", fragte sie mit rauer Stimme, „hast du die noch?" Sie hatte sich mir zugewandt. In ihren Augenbrauen glitzerten Regentropfen.

„Die Heckenschere? Nein, die habe ich schon lange zurück gegeben! Du hättest sie erleben sollen!", schwärmte ich, „sie eröffnete mir die Welt der Männerspielzeuge, und ich kann dir sagen, sie war ein waschechtes Aphrodisiakum!"

Rosanna streifte sich ihr Top über den Kopf.

„Ach, was sag ich, sie war - eine Offenbarung!"

Rosanna kam auf mich zu und blieb so nahe vor mir stehen, dass ich sie hätte berühren können. Sie schaute mich an, las in meinen Augen.

Verwirrt plapperte ich weiter: „Ja... und dann kam ja diese Schlagbohrmaschine...die hatte ich damals wegen des Durchbruches in meiner Wand....!"

Rosanna streifte sich schweigend ihr Dschungelhöschen ab. Darunter trug sie nichts als ihre samtige Haut. Sie duftete nach Kokosöl.

„Weißt du, was im Katalog über den Schlagbohrer stand? Er sei ein Begleiter für innovative Aufgaben!" Ich kicherte nervös, doch Rosanna sagte gar nichts. Sie schenkte mir einen Blick ihrer tiefgründigen Augen. Dann fuhr sie mit ihren aristokratisch schmalen Fingern die Kontur meiner regennassen Lippen nach und ich verschluckte den Rest meines Vortrages. Rosanna lächelte leise.

„Ich geh duschen!", sagte sie, wandte sich um und ging in Richtung meines Badezimmers. Mein Blick blieb an den sanft gezeichneten Linien ihres Rückens hängen. Eine weibliche Ausgabe des Davids von Michelangelo.

„Komm!", ihre Stimme stand im Raum wie der Flügelschlag eines Kolibris, „worauf wartest du?"

Und während draußen Hagelkörner wie Schrotkugeln in den Teich schlugen, rieselte das warme Duschwasser sanft auf unsere Köpfe nieder und begleitete unser Liebesspiel.

Muttermilch

„Nee, den nicht!"

Eileen hatte ihre mageren Ärmchen zu einem unlösbaren Knoten vor der Brust verschränkt. Ihr Rücken war zu einem geometrisch annähernd perfekten Halbkreis durchgebogen und glich somit einem aufs Äußerste gespannten indianischen Bogen. Fast war man gewillt, nach einer Sehne zu suchen, die sich von ihrem kindlich weichen Schopf bis hinunter zu den blassrosa Turnschuhen spannte. Und hätte man den Gedanken weitergesponnen, wäre aus dieser im Protest erstarrten Elfjährigen tatsächlich eine todbringende Waffe geworden, und legte man nun folglich einen Pfeil an und schösse ihn mithilfe ihres geballten Zornes ab, so hätte dieser bestimmt eine beeindruckende Geschwindigkeit an den Tag gelegt, um als zielsicheres Geschoss mitten im Herzen ihres Gegners stecken zu bleiben. Zitternd, aber unwiderruflich.

„Nun, Eileen, wir haben 15 Jungen und 13 Mädchen in der Klasse, und wenn ihr gegen die Jungs antreten wollt, so sind diese in der Überzahl!", versuchte Frau Suhrbein die Eskalation zu verhindern. „Welchen der Jungen ihr in euer Team nehmt, ist egal, aber einen von ihnen müsst ihr aufnehmen, sonst kann der Wettbewerb nicht starten! Also?"

Sie sah zum Fenster und wünschte sich auf die andere Seite der Glasfront, die ihr Klassenzimmer nach Süden hin begrenzte. Hier fielen sanft und vollkommen geräuschlos münzgroße Schneekristalle zu Boden, und in einer weniger angespannten Situation wie dieser wären ihre 6er jetzt zu den Fenstern gerannt und hätten mit ihren kleinen Nasen fettige Tupfer hinterlassen.

„Los du, geh da rüber!", holte sie eine herrische Stimme aus ihren Träumereien.

Diesmal hatten sich die Jungs zu Wort gemeldet. Als selbstgewählter Anführer bildete nun Marvin das gegnerische Zentrum zu Eileen, deren normalerweise zurückhaltend blasses Gesicht im Laufe der

Trompe-l'œil

letzten Minuten die Farbe ihres dunkelvioletten Pullovers angenommen hatte. Das hätte sich Frau Suhrbein denken können. Marvin ging keiner Konfrontation aus dem Wege, und so oft wie er hatte noch kein anderer aus seinem Jahrgang das Büro der Rektorin von innen gesehen, was zum einen eine reife Leistung darstellte, zum anderen nichts Gutes verhieß.

„Na los, mach schon! Oder verstehst du kein deutsch?", Marvin unterstrich seine Worte deutlich, indem er den schmalen Jungen vor sich herschob bis dieser weit genug weg war. Weit genug von Marvins, dem männlichen, und nah genug an Eileens, dem weiblichen Team.

Zwischen den Fronten stehend, glich Wasim einer Marionette, deren Fäden gekappt wurden.

Seine Schultern hingen wie mit zentnerschweren Gewichten belastet nach unten. Der Blick seiner schwarzbraunen, zu Boden gerichteten Augen wurden vom dichten, lockigen Haarvorhang verdeckt.

Was ihn erwartete war hüben wilde Entschlossenheit und drüben geballte Abwehr.

„Das hier ist ein M-ä-n-n-e-r-job", skandierte Marvin, „da können wir keine Memmen gebrauchen!"

„Genau!", wiederholte Timo, dessen roter Schopf hinter Marvin hervorlugte, „Ein M-ä-n-n-e-r-job!"

Nun war auch Felix mutiger geworden: „Und keine Mädchen! Wir sollen einen Turm bauen, und das können die nicht, das weiß doch jedes Kind!"

„Woher wollt ihr das denn wissen, dass Mädchen keinen Turm bauen können?", fragte ein groß gewachsenes Mädchen, dessen Spiegelbild direkt neben ihr stand, was so verwirrend war, dass der Blick mehrmals unstet zwischen beiden hin und her hüpfte, bis der Verstand endlich begriffen hatte: Es handelte sich um Zwillinge, und nicht um eine bizarre visuelle Täuschung.

„Weil ihr in die Puppenecke gehört! Jungs spielen in der Bauecke und Mädchen in der Puppenecke!", betonte Felix. „Im Kindergarten war das auch immer so!"

„Pff, Kindergarten! Du bist ja noch ein echtes Baby! Machst immer brav, was die Tante sagt!" Sie machte die Kindergartentante gekonnt nach, indem sie mit hoher Stimme sagte: „Du da! Du bist doch ein Mädchen! Was hast du in der Bauecke verloren? Geh zu den Andern in die Puppenecke, da gehörst du hin!" Sie seufzte, um mit ihrer normalen Sprechweise fortzufahren: „Ich werde mal Ingenieur, so wie mein Onkel. Das weiß ich schon lang und da wird mich keine Kindergartentante der Welt davon abhalten und so ein Typ wie du schon zweimal nicht!"

Timo vermied es, das Mädchen weiterhin anzusehen, doch sie setzte noch einen drauf:

„Ihr Jungs seid einfach zu dämlich, um irgendwas zu kapieren!"

Nicht nur äußerlich eine Einheit, sondern auch im Innersten fest zusammengeschweißt, wehrten sich die Zwillingschwestern nun gemeinsam gegen die Herausforderung des männlichen Teams.

„Schon mal was von Zaha Hadid gehört?"

„Sarah, was? Wer soll denn das sein", feixte Marvin, „muss man die kennen?"

Schlecht verhohlenes hämisches Gelächter von der Jungsseite unterstützte seine provokanten Worte.

„Zaha! Sie hat ein riesengroßes Museum entworfen. Für Naturwissenschaft. Da waren wir im Urlaub drin."

„Na und?""

„Na und? Du blickst es ja keinen Meter, Marvin! Sie kann Häuser bauen! Häu – ser!" Sie schlug sich gegen die Stirn.

„Jungs sind halt schwer von Begriff, was will man da machen!", bekräftigte ihr Spiegelbild.

Die Schwestern warfen sich vielsagende Blicke zu.

„Frauen in Männerberufen sind eher selten anzutreffen. So ist die Welt nun mal", warf Frau Suhrbein ein, die der Diskussion ein Ende bereiten wollte. Doch ihre Sechstklässler waren mit dem Thema noch lange nicht durch.

„Bei uns waren neulich die Schreiner. Die haben die neue Küche eingebaut", Timo begann in Vorfreude auf seine Worte breit zu grinsen, „da war auch eine Frau dabei - die sah selbst aus wie ein Regalbrett!"

Er verzog seine Mundwinkel grotesk nach unten, riss seine Augen, die die blasse Grüntönung eines Teiches im Frühjahr hatten, auf und begann auf Zehenspitzen balancierend hölzerne kleine Pinocchioschritte zu demonstrieren.

„Timo, es reicht!" Frau Suhrbein fühlte, wie ihr die Situation mehr und mehr entglitt.

„Die hatte bestimmt keine Titten!", kam es aus der Jungsecke und schallendes Gelächter war die Antwort.

„Also so kommen wir nicht weiter, Kinder!", meldete sich die Klassenlehrerin erneut mit erhobener Stimme zu Wort.

„Ruhe!", rief sie. „Ruhe jetzt, oder wir schreiben statt des Wettbewerbs ein Diktat! Wollt ihr das?" Ein entsetztes Raunen einte plötzlich die Klasse.

„Aber wir haben schon letzte Woche ein Diktat geschrieben!", maulte Marvin hörbar.

„Wenn es nötig ist, schreiben wir auch jeden Tag eines, mein Lieber! Also: Ihr könnt es euch aussuchen: Entweder Wasim wechselt zu dem Mädchenteam oder -!"

„-oder Diktat, schon klar!", vollendete Felix die Drohung.

Die Klassenlehrerin warf einen kurzen Blick auf die Wanduhr. Ziffern und Zeiger zu schwarzen Balken minimalisiert, bedurfte es fast eines zweiten Hinschauens, wollte man die genaue Uhrzeit erfahren. Doch jahrzehntelange Erfahrung hatte ihre Sinne geschärft und so erkannte sie sofort, was die Stunde geschlagen hatte.

„Ihr habt bereits zehn Minuten der heutigen Doppelstunde verplempert! Kann ich dann bitte eure Entscheidung erfahren?" Sie schaute auffordernd in die Runde ihrer Schüler. „Das hier geht alles von eurer Zeit ab!"

Die Schüler schauten sie missmutig an. Die Fronten hatten sich verschoben.

„Können wir jetzt den Wettbewerb starten, Frau Suhrbein?", fragte Lydia. Sie hatte bisher schweigend der Diskussion gelauscht. Sie sprach mit feenhaft zarter Stimme, die ihre pausbäckige Figur Lügen strafte. „Wir nehmen Wasim in unser Team." Sie warf dem Jungen einen schüchternen kurzen Blick zu.

„Pfffh!", entwich die Luft aus Eileens zusammengekniffenen Mund und mit ihr alle Spannung ihres Körpers, als habe jemand die unsichtbare Sehne gekappt.

„Ätsch!", feixten zwei Jungs in Richtung des Mädchenteams und streckten ihnen unverhohlen die Zunge heraus.

„Yeah-give me five!" Marvin klatschte sich siegesgewiss mit den umstehenden Jungs ab, die tänzelnd ihren Sieg feierten.

„Ruuhe!" Frau Suhrbein schlug das Klassenbuch auf das graue Kunststoffpult. „Ruhe, habe ich gesagt!" Sie wartete bis auch der letzte Schüler verstummt war.

„So. Dann wäre das ja geklärt", stellte die Lehrerin mit lauter Stimme fest und blickte mit strengem Blick in die Runde, um ein erneutes Aufkeimen der leidigen Diskussion im Keim zu ersticken. Sie vergewisserte sich der Aufmerksamkeit aller, holte tief Luft und sagte: „So, dann können wir ja endlich anfangen!", während sie an die gegnerischen Parteien zwei Zentimeter breite Kopierpapierstreifen verteilte. „Liegen lassen!", mahnte sie, da die ersten Neugierigen bereits danach griffen, „es geht erst los, wenn ich es sage!"

Nun, da endlich der Startschuss für den klasseninternen Turmbauwettbewerb gefallen war, stürzten sich beide Teams begierig auf die dünnen Streifen weißen Papiers. Vergessen hatten sie die Mahnung der Lehrerin, sich untereinander zu beraten, abzusprechen und im Team planvoll vorzugehen. Viel schwerer wog die Angst, dem Gegner womöglich das Feld überlassen zu müssen.

„Wie soll denn das gehen?", echauffierte sich Marvin. „Diese Schnippsel können ja nicht mal von alleine stehen, wie soll denn da ein meterhoher Turm draus werden?"

„Können wir nicht Holz benutzen und Nägel, Frau Suhrbein?", fragte Timo. „Das hier ist voll unfair!"

„Ich habe euch doch bereits erklärt, Timo, dass ihr herausfinden müsst, wie die Papierstreifen an Stabilität gewinnen können!", sagte Frau Suhrbein mit Nachdruck.

„Aber das ist doch bloß blödes Papier, das geht gar nicht!", klang es aus der Ecke der Jungen.

Auf der Seite des Mädchenteams ging es nicht minder lebhaft zu. Es wurde diskutiert und erörtert, die ersten Fehlversuche seufzend zur Seite gelegt. Niemand achtete auf Wasim. Er saß etwas abseits auf einem Stuhl und faltete stumm einen Papierstreifen nach dem anderen der Länge nach. Eines der Zwillingsmädchen wurde auf ihn aufmerksam. „Was machst du da, Wasim?", fragte sie.

„Ich tue das, was nötig ist, um einen Turm zu bauen", erklärte er mit ruhiger Stimme.

„Und wie?", fragte das Mädchen irritiert.

Wasim nahm einen der gefalteten Streifen in die rechte Hand und einen der ungefalteten in die linke. Nun demonstrierte er, was passierte, wenn man versuchte, beide aufrecht hinzustellen. Das ungefaltete Papier ließ sich unter gar keinen Umständen zu einer aufrechten Haltung bewegen, was alle bereits wussten – doch - und hier staunten die Mädchen nicht schlecht - der mittig gefaltete Streifen blieb stehen und bildete mit seinen annähernd dreißig Zentimetern für sich allein schon ein trotziges Bauwerk.

„Wow! Mädels", Das große Mädchen stellte sich so zwischen Wasim und die Gruppe der Jungen, dass diese ihn nicht sehen konnten. Sie winkte den anderen Mitgliedern ihres Teams es ihr gleich zu tun. „Mädels!", raunte sie mit Nachdruck, „hier spielt die Musik!"

Eileen, die begonnen hatte, ihre Streifen zu Hexentreppen zu falten, ließ ihre Arbeit sinken und auch die anderen Mädchen wandten sich Wasim zu.

„Noch 75 Minuten!", rief die Lehrerin in die Runde. „Ihr könnt die euch verbleibende Zeit hier vorne auf der Tafel ablesen, sie wird von mir stets korrigiert! Welches Team am Ende den höchsten Turm hat - und ich möchte mindestens 1,70m sehen - hat gewonnen! Jedoch muss der Turm von alleine stehen können, also baut klug und stabil!"

„Ja, schon klar, mit Puddingstreifen und popeligem Klebestift! Tolle Aufgabe!", raunte Marvin seinen Leidensgenossen zu. „Können wir nicht wenigstens so einen Tacker haben?"

Einer der Jungen hatte aus ein paar Streifen ein Flechtwerk geschaffen. „Schaut mal, vielleicht so", sagte er und zeigte es den anderen.

„Wir brauchen keine Rapunzelzöpfe, Mann, wir brauchen einen Turm!", verhöhnte ihn Marvin. „Am besten wechselst du auch gleich zu den Weibern rüber, zum Zopfflechten!"

„Ja und, kannst du es vielleicht besser, Angeber?", kam die Antwort.

Frustriert zerknüllte der Junge sein Werk und zielte damit Richtung Mülleimer, was ihm einen gestrengen Blick seiner Klassenlehrerin einbrachte. Er ließ es stattdessen zu Boden fallen. Auf der Fensterseite, der weiblich dominierten, war indessen rege Betriebsamkeit ausgebrochen. Während ein paar der Schülerinnen fleißig Papierstreifen falteten, kümmerten sich andere um die technische Vorgehensweise des Turmbaus.

„Lasst uns den Eiffelturm bauen!", rief ein Mädchen begeistert.

„Und wie sollen wir das bitteschön hinkriegen, Madame Sofie?", fragte kaugummikauend ein spindeldürres Mädchen und betrachtete brüskiert ihre Fingernägel. Sie hatte es sich, die Beine auf dem Tisch liegend, auf einem Stuhl schaukelnd bequem gemacht, und demonstrierte so deutlich was sie von diesem ganzen Projekt hielt. „Den Eiffelturm! Dass ich nicht lache!"

„Ja! Warst du noch nie in Paris? Der Eiffelturm hat einen breiten Fuß und deshalb kann er gut stehen, obwohl er so hoch ist!", triumphierte Sofie. „Das ist das, was wir auch brauchen: unten ist er breit und oben wird er schmal!"

„Was interessiert mich dein Eiffelturm? Meine Mutter sagt, ich soll mal einen reichen Mann heiraten, dann hätte ich ausgesorgt! Türme bauen? Pah, ist was für Jungs!"

„Ja, wissen wir schon alles, Jasmin, du bist in erster Linie schön!"

„Schön dumm!" Die Zwillingsschwestern zwinkerten sich verschwörerisch zu.

„Wasim, was sagst du dazu?"

„Ich denke, wir sollten es probieren!"

„65 Minuten!", schallte Frau Suhrbeins Stimme mahnend durch den Raum. „Kommt in die Gänge, sonst wird das heute nichts mehr! Inzwischen solltet ihr herausgefunden haben, wie es funktioniert, und nun muss der Bau beginnen, sonst schafft ihr keine sechzig Zentimeter!"

„Los Mann, lasst euch was einfallen!" Marvin wies auf den ungeordneten Haufen Papierstreifen, der mittlerweile die gesamte Arbeitsfläche bedeckte. Timo griff mitten hinein, warf zwei Hände voll in die Luft und rief: „Juchu, schaut her, ich baue ein Luftschloss!"

„Ja, sehr lustig, Timo!", unterbrach ihn Frau Suhrbein, „aber jetzt komm mal wieder runter und mach dir Gedanken, wie ihr zielführend arbeiten könnt!"

„Manno, das geht ja überhaupt nicht! Voll die blöde Aufgabe!", maulte einer der Jungs. Er hatte seinen Stuhl weit nach hinten gekippt und balancierte gekonnt vor und zurück, indem er sich mit den Fußspitzen an der Wand abstützte. „Können wir nicht was anderes machen? Was Spannenderes?"

„Ein Diktat, zum Beispiel, du Blödmann?", wollte Marvin wissen und warf ihm einen vernichtenden Blick zu.

„Ne, heimgehen, zum Beispiel!", tönte es aus dem Verborgenen.

„Mann, eh! Schaut mal was die machen!", rief plötzlich der Schaukler und ließ sich nach vorne fallen. Bei dem Mädchenteam waren bereits Konstruktionsversuche im Gange.

„Nein, so nicht! Das fällt wieder um!", rief Eileen, die eifrig bemüht war Papierstreifen aneinander zu kleben. Wasim und die Mädchen hatten die mittig gefalteten Streifen zu Quadraten zusammen geklebt. Je zwei Senkrechte und zwei Waagrechte. Auf einmal drängten sich alle Schüler um den Tisch der Konstrukteure.

„Das hält doch nie!", höhnte Felix und stemmte seine Hände in die Hüften. Er begutachte das Quadrat skeptisch und meinte: „Und das soll stehen bleiben? Nie und nimmer! Kommt, Männer, das da ist die Puppenecke, die haben doch keine Ahnung!"

„Nein, warte mal", hielt ihn Marvin zurück, „so blöd ist das gar nicht!" Er dachte kurz nach: „Kommt, ich habe eine Idee!", und zog die Jungs zurück an ihren Tisch. „Habt ihr nicht gesehen? Die haben die Dinger gefaltet!", rief er, „und die bauen schon!"

„Ja und?", fragte Felix.

„Nix und! Das ist es! Hast du nicht gesehen? Der gefaltete Streifen bleibt stehen!" Und er demonstrierte die Technik, indem er einen Streifen zuerst faltete und dann aufrecht auf die Arbeitsfläche stellte.

„Wow, los Leute, falten!", befahl Felix, er verstand als Zweiter, was sie gerade entdeckt hatten. Seine Mitstreiter brauchten noch einen kurzen Moment der Erkenntnis, doch dann kam wieder Leben in ihr Team. Der Schaukler setzte sich auf den vorderen Rand seines Stuhles und begann konzentriert mit der Arbeit.

„Wie soll das gehen?", fragte ein Junge von hinten vor und schaute sich hilflos um.

„Keine Ahnung, irgendwie knicken oder so..."

Ein Teil der Jungen war bereits bei der Arbeit, während andere noch Orientierungsschwierigkeiten hatten.

„Timo! Auf!", fuhr Marvin seinen Freund an, „was starrst du so?"

Timo konnte seine Blicke nicht vom Nachbartisch lösen, auf dem inzwischen mehrere Quadrate aneinander gefügt worden waren.

„Die sind schon so weit...", seine Stimme bekam einen panischen Unterton, „und wir..."

„Hör auf zu flennen und fang endlich an! Wir holen die noch locker ein!"

„55 Minuten!", rief die Klassenlehrerin, „ihr habt noch 55 Minuten Restzeit!"

„Fasst mal mit an!", befahl Eileen den Zwillingsschwestern. „Wir werden nun versuchen, das Ganze aufrecht hinzustellen."

Auf der Arbeitsfläche lagen zwölf Quadrate, die sie in einer langen Reihe aneinander geklebt hatten.

„Drei für jede Turmseite", sagte Lydia, „so müsste es klappen!"

„So, jetzt, vorsichtig anheben!"

„Amelie, du musst hier halten!"

„Pass auf, halt das mal hier - ja so!"

Sechs Hände stützen das fragile Bauwerk von allen Seiten ab, als sie versuchten, es aufzurichten.

„Wenn ich sage, lasst ihr los!" Eileens Wangen glühten. „Auf keinen Fall vorher!"

„Ist denn der Kleber schon getrocknet?", wollte ein Mädchen wissen, doch keiner beachtete ihren Einwand. Alle Mädchen, die den Vorgang beobachteten, verharrten in der Bewegung inne. Eines hielt sich die Hände vor Augen und spähte vorsichtig zwischen grellrot abblätterndem Nagellack hindurch. Ein anderes hielt die Fäuste geballt in halber Höhe ihres Körpers, als warte sie auf ein Zeichen des Ringrichters erneut mit dem Boxkampf fortzufahren.

„Gleichzeitig, ihr müsst gleichzeitig anheben!" Eileen hatte das Kommando übernommen.

„Sofie, noch nicht loslassen! Achtung!", Sie holte tief Luft und richtete sich dabei zu voller Größe auf. „Achtung! Jetzt!"

„Mensch, Marvin, guck mal! Was die machen!" Timo stieß seinen Kumpel an. Gebannt starrten alle auf das Bauwerk. Es stand, jedoch konnte Lydia ihre Hände noch nicht davon lösen. „Ich glaube, es hält nicht von allein, was sollen wir nur machen?" Verzweifelt suchten ihre Augen Hilfe bei ihrem Team.

„Ach was, nun lass schon los!" Sofie war zuversichtlich.

Trompe-l'œil

„Sieht doch ganz gut aus!", sagte Amelie, „du kannst es loslassen!"
Die Zwillinge vertrauten in ihre Bauweise.

„Echt?", zögernd nahm Lydia in Zeitlupe ihre Hände weg, verharrte jedoch in wenigen Zentimeter Entfernung, um sofort wieder eingreifen zu können, sollte der Turm doch noch umstürzen. Zwei Sekunden lang wagte keiner zu atmen. Stolz ragte die Konstruktion ein klein wenig windschief, aber standhaft in den Himmel. Die Bauherrinnen schauten sich an.

„Ja!", schrie Eileen und begann wie wild auf und ab zu hüpfen, „Ja, wir haben es! Er steht!"

„Der Turm steht!", wiederholten Amelie und Sofie im gleichen Atemzug.

Wasim, der mittlerweile einen beachtlichen Haufen Papierstreifen gefaltet hatte, schaute von seiner Arbeit auf. Sein Gesicht war verschlossen. Nur seine Hände, die immer wieder ohne hinzusehen über denselben Falz fuhren, verrieten seine Anspannung. Plötzlich hielt er inne und als sei dies das Zeichen zum Einsturz gewesen, knickte erst ein Streifen ein, dann der nächste und aus dem stolzen Bauwerk war innerhalb von Sekunden eine Ruine geworden.

„Ahhh!", die Zwillinge stöhnten auf.

„Au Scheiße!", rief Eileen, „was ist denn jetzt los? Hat jemand von euch am Tisch gewackelt, oder was?" Forschend blickte sie in die umliegenden betretenen Gesichter.

„Jaa!", rief Marvin schadenfroh und zeigt mit dem Finger in Richtung des Mädchenteams, „Ich habs doch gleich gesagt! Die sind zu blöde dazu!"

„Oh!", unterstützte ihn Felix höhnisch, „Ist euer Türmchen etwa eingefallen?"

Frau Suhrbein konnte gerade noch verhindern, dass sich Eileen auf die Jungs stürzte.

„Eileen, lass sie in Ruhe!" Und an alle gerichtet: „Ich darf euch erinnern, dass das hier ein Wettbewerb ist! Rückschläge müssen hingenommen werden! Ihr wart schon sehr weit und müsst nun wieder daran anknüpfen! Überlegt euch, was ihr falsch gemacht habt! Ihr habt noch 45 Minuten!"

Eileen war den Tränen nahe. Amelie und Sofie nahmen sie in die Mitte und versuchten sie erneut zu motivieren. „Jetzt dürfen wir nicht aufgeben!",

„Kopf hoch, Eileen, wir kriegen das hin!"

Einen Moment saßen sie ratlos vor dem Papierhaufen und starrten ihn widerwillig an. Lydia griff danach und wollte alles zerknüllen, als Wasim unvermittelt neben ihr stand, seine Hand auf ihren Arm legte und mit ruhiger Stimme sagte: „Ich weiß, wo das Problem liegt."

Auch die Jungen hatten inzwischen unzählige Streifen gefaltet.

„Ihr habt`s gesehen, Jungs!", sagte Marvin verschwörerisch, „die haben solche Vierecke gemacht und es hat nicht funktioniert. Wir müssen es anders machen, hat jemand eine Idee?"

„Naja", mischte sich der Schaukler ein, „ist doch völlig easy! Wir nehmen eben ganz viele, die aufrecht stehen!"

„Wie, ganz viele die aufrecht stehen?", fragte Timo, „kannst du vielleicht mal erklären, was das heißen soll?"

„Bist du dämlich, oder was?", regte sich der Schaukler auf, „so fünf Stück nebeneinander eben!"

Felix hatte das Interesse verloren. Er blies seine Backen auf, schielte auf seine Nase und drängte sich in Timos Sichtfeld. Dieser schlug ihm beide Hände auf die Backen und mit einem lauten Klaps entwich die angehaltene Luft.

„Könnt ihr vielleicht mal mitdenken?", fuhr Marvin sie an, „oder wollt ihr vielleicht nicht den Preis gewinnen?"

„Was denn für einen Preis?", kam die überraschte Antwort.

„Typisch, Felix, wieder nicht aufgepasst! Es gibt einen Preis für den höchsten Turm, du Depp!"

Felix streckte ihm die Zunge raus.

„Also, was ist jetzt, wie geht das mit den fünf Stück nebeneinander?"

„Habt ihr schon mal ein Gerüst gesehen?", fragte Wasim, um den sich das Team geschart hatte, mit ernster Miene.

„Nee, keine Ahnung", sagte Lydia.

„Na klar, aber was hat das damit zu tun?" Sofie schaute den Jungen überrascht an.

„Ein Gerüst", erklärte Wasim und nahm einen Block und einen Bleistift zur Hand, „ist folgendermaßen aufgebaut: Neben den senkrechten und den waagrechten Stangen gibt es auch solche, die quer verlaufen." Er zeichnete die Konstruktionsweise mit feinen Bleistiftstrichen aufs Papier.

„Wie - quer? Was heißt das?", fragte Lydia.

„Diagonal, meint Wasim", warf Amelie ein, „die Stangen verlaufen von links unten nach rechts oben und andersrum!" Sie demonstrierte die Konstruktion mit ihren Armen.

„Schau doch, so, wie er es gezeichnet hat!"

Sofie riss die Augen auf.

„Ja klar, das ist es! Die haben wir vergessen!"

„Die Diagonalen geben dem gesamten Gerüst Stabilität!", sagte Wasim in unverändert ruhigem Ton, als ginge es um die Farbe seiner Schnürsenkel und nicht um die Einsicht, die ihnen als Team zum Sieg verhelfen könnte. Er nahm die in sich zusammengestürzten Anfänge ihres Turmes und legte sie ordentlich wieder in einer Reihe auf den Tisch.

„Soweit waren wir schon mal!", raunte Lydia, doch Wasim ließ sich nicht beirren. Konzentriert klebte er immer zwei Streifen aneinander und fügte sie x-förmig in die Quadrate ein. Hierbei ließ er jedes Zweite der Vierecke frei. So entstand ein regelmäßiges Muster.

„35 Minuten, Kinder! Ihr habt noch 35 Minuten Zeit!"

Wasim schien die Ermahnung nicht gehört zu haben. Konzentriert beendete er seine Arbeit. „Jetzt aufstellen!", forderte er die Mädchen zum Mitmachen auf.

„Wir machen fünf aufrecht nebeneinander und die bekommen jeweils oben und unten einen, wie Boden und Deckel." Der Schaukler versuchte seine Idee an den Mann zu bringen.

Doch Marvin hatte begriffen und setzte die Idee bereits in die Tat um. Seine Zungenspitze lugte frech zwischen den Lippen hervor, als er die Teile zusammenfügte. Die anderen Jungen schauten ihm mehr oder weniger interessiert zu.

„Das hier scheint ziemlich stabil zu sein!", triumphierte er auf und stellte sein Werk senkrecht auf den Tisch.

„Sag ich doch!", maulte der Schaukler.

„Los gehts, Männer!", rief Marvin die restlichen Jungs zur Ordnung auf. „Ich wusste es, Mädchen können Friseuse werden, aber doch keine Ingenieure! Mein Papa sagt, ein Junge braucht einen anständigen Job!"

„Interessiert uns nicht, was dein Papa sagt, los, wir bauen weiter!", unterbrach ihn der andere, „die Jungen gewinnen hier die Preise!"

„Yeah, du sagst es!", stimmte das Team zu, und sie widmeten sich mit neuer Energie ihrer Aufgabe.

„Die Jungs gewinnen hier", echote Felix übertrieben lautstark in Richtung des gegnerischen Teams, doch er unterbrach sich abrupt.

Auf der Seite der Mädchen thronte ein stolzes Bauwerk. Es schien nicht mehr einsturzgefährdet zu sein, und was noch viel schlimmer war, es wuchs von Minute zu Minute. Das Team arbeitet Hand in Hand. Ein Handvoll Schülerinnen fertigten die Quadrate, Wasim fügte die Diagonalen hinzu und Eileen, Lydia und die Zwillinge setzten ein Stockwerk auf das Nächste.

„Ach du dickes Ei!", rief Felix, als er seine Sprache wiedergefunden hatte. „Schaut euch das an, Männer!"

„Weia!", rief Marvin, der sich nur einen hastigen Blick ins gegnerische Lager gegönnt hatte, und der sich nun kaum mehr von dem provozierenden Anblick lösen konnte.

„Weitermachen!", rief der Schaukler, „jetzt gehts um die Wurst, Männer!"

Er schien Gefallen an dem Wettbewerb gefunden zu haben und rieb sich freudig die Hände. Während Marvin die Jungs hastig aufscheuchte, gleich einem Stock, der in einem Ameisenhaufen wühlt, klebte der Schaukler grob und mit viel zu viel Klebstoff Streifen an Streifen. Das Ergebnis seines Tuns glich mehr einem Schlachtfeld aus knittrigem Papierstreifen unterschiedlicher Länge und Falttechniken und grauschwarz verschmiertem, dick aufgetragenem Bindemittel. Das Ganze zierte eine dunkle Schicht abgelöster Schmutzpartikel und Fuseln seines dunklen Wollpullovers, an dem er kontinuierlich seine verklebten Hände zu reinigen versuchte. Doch der Funke war übergesprungen und auch die etwas behäbigeren Mitglieder der Gruppe beteiligten sich nun an den Bauarbeiten.

„Leute, nicht nachlassen!", feuerte Marvin sein Team an. Sein unruhiger Blick sprang wie ein Eichhörnchen ständig von einem Team zum anderen. „Ihr vier setzt die Teile so aufeinander!" Demonstrativ hielt er ihnen die Bauteile vor die Augen, „Klar?"

„Sind ja nicht blind, Mann!"

„Das klebt hier alles, is ja mal voll eklig, Mann!"

„Machs doch selber, wenn du es besser kannst, Blödmann!"

„Nenn mich nochmal Blödmann, Blödmann!"

„Hallo, ihr zwei!", Frau Suhrbeins schneidende Stimme trennte die Streithähne, „Konzentriert euch auf die Arbeit! Ihr habt noch, Moment", sie zögerte einen Augenblick, „noch knapp 20 Minuten Zeit! Keine Zeit zum Streiten!"

„Zwanzig Minuten!", rief Eileen entsetzt und griff sich mit beiden Händen in die Haare. „Nur noch so wenig Zeit!"

„Keine Panik!", beruhigte sie Sofie, die einfach weiterarbeitete und ihre Schwester fügte hinzu: „Schau mal da rüber, dann weißt du, wo die Architekten sitzen!"

„Einen Preis für den schönsten Turm gewinnen die bestimmt nicht!", kicherte Amelie und stieß ihre Schwester kameradschaftlich in die Seite.

„Ihr verliert! L-o-o-s-e-r!", skandierte ein Mädchen quer durchs Klassenzimmer und widmete sich anschließend wieder ausgiebig ihren Fingernägeln.

„Du könntest dich auch mal beteiligen, anstatt bloß blöd rumzusitzen!", wies sie Eileen zurecht.

„Wieso? Da mache ich mir ja meine Finger schmutzig!", sie legte eine Kunstpause ein, „und im Übrigen: Euer komischer Turm ist ganz schön schief!"

„Wie? Schief?", rief Lydia. Sie trat ein paar Schritte zurück und stellte entsetzt fest: "Au Backe, der hängt ganz schön auf die Seite!"

„Echt?" Amelie trat ebenfalls zurück und schlug sich die Hand vor den Mund. „Mädels, der sieht aus wie der schiefe Turm von Pisa! Wir müssen was machen!"

Zwar war das Bauwerk schon recht stattlich in die Höhe geschossen, doch mit jedem Stockwerk, das hinzugefügt wurde, neigte es sich mehr zur Seite.

„Wasim! Was sollen wir machen?"

„Von nun an werde ich die Minuten an die Tafel schreiben! Es gibt keinerlei Zugaben und keinerlei Diskussionen um 11.10 Uhr ist Schluss!"

Die Klassenlehrerin schrieb ‚15 Minuten' in großen, kindlich gerundeten Ziffern auf die Tafel.

„Meine Fresse!", schrie Timo, „bloß noch 15 Minuten!" Panisch klatschte er die Streifen aneinander.

„Los, halt das mal fest hier!"

„Sitz nicht rum, Mann, hilf uns!"

„Können wir nicht doch noch den Tacker haben? Alles ist voll klebrig hier!"

Hektische Betriebsamkeit breitete sich aus. Zwar unterschied sich ihr Turm deutlich im Aussehen von dem der Gegnerinnen, er hatte einen deutlich kleineren Grundriss und ähnelte mehr aufeinandergeschichteten Limeswällen, aber es war ein Turm, und auch seine Größe wuchs stetig.

„Die holen auf!" Lydia warf angstvolle Blicke auf die gegnerische Konstruktion. Das Mädchen stand auf der Arbeitsfläche der Werkbänke, vom Zimmerboden aus konnten die Baumeister die Spitze ihres Werkes nicht mehr erreichen. Energisch stampfte sie mit dem Fuß auf. „Seht doch...."

„Bist du bescheuert?", schrie Emilie hysterisch, als das filigrane Konstrukt zu schwanken begann.

„Nicht wackeln!" Mehrere schweißnasse Hände griffen nach dem Turm, um ihn am Einsturz zu hindern. Doch es war zu spät. Das obere Drittel knickte ein und Lydia, die wenigstens so geistesgegenwärtig war, es aufzufangen, war den Tränen nahe.

„Haha, wie blöd kann man denn sein?", rief der Schaukler schadenfroh, „von so einem bisschen Tischgewackele fällt ein echter Turm nicht ein!" Sprachs, wackelte zur Demonstration, jedoch ohne hinzuschauen, denn er wollte die Reaktion der Mädchen beobachten, am Tisch. Die Antwort kam prompt. Schwanken fiel das Bauwerk der Jungs in sich zusammen.

10 Minuten.

Unbarmherzig schritt die Zeit vorwärts. Doch in diesem Moment achtete niemand auf die Zeit. Die Mädchen waren hektisch damit beschäftigt ihren Turm zu stabilisieren, während die Jungs gerade den Untergang ihres Bauwerkes erleben mussten.

„Du dämlicher Vollidiot!" Marvin stürzte auf den Unfallverursacher zu.

Die Klassenlehrerin konnte die beiden gerade noch voneinander trennen.

„Schluss jetzt!", rief sie mit erhobener Stimme. „Reißt euch zusammen, sonst erlebt ihr das Ende des Wettkampfes vor der Tür!"

Die Kontrahenten blitzten sich schnaubend an.

„Wollt ihr nun weitermachen, oder nicht?"

Frau Suhrbein hielt Marvin auf der rechten Seite am Ärmel fest und den Schaukler auf der linken. „Vertragt euch, ihr habt noch 8 Minuten!"

„Wasim, was sollen wir nur machen?" Eileen war verzweifelt. Zwar hatten sie den Turm vor dem endgültigen Einsturz bewahren können, doch es war abzusehen, dass mehr als die bisherigen Maßnahmen nötig sein würden, um ihn erstens zu retten und zweitens noch höher wachsen zu lassen.

Mit hitzigen Köpfen versuchten die Jungen den Turm wieder aufzurichten.

„Ich klebe immer an dem Ding fest!", maulte einer.

„Stell dich nicht an wie ein Mädchen, Mann!", ein anderer.

6 Minuten

„Wir schaffen das eh nicht mehr!" Felix warf frustriert den Klebestift durchs Zimmer.

„Felix! So geht das nicht, heb das auf und mach weiter!", schimpfte Frau Suhrbein.

Vor dem Fenster bedeckte inzwischen eine dichte Schneedecke die angrenzenden Gebäude. Friedliche Beschaulichkeit draußen und kriegerische Auseinandersetzungen drinnen.

5 Minuten

„Dieses Stockwerk muss verstärkt werden und hier", Wasim wies auf die entsprechende Schwachstelle, „bauen wir Streben ein, die das Ganze wie Seile am Boden halten."

„Los Mädels, ihr habts gehört!", scheuchte Eileen ihre Mitstreiterinnen hektisch umher, „macht, was Wasim gesagt hat!"

4 Minuten

„Wir kleben hier eine zweite Schicht drüber, dann wirds schon gehen!" Der Schaukler schwitzte und kleine Schweißperlen tropften auf die klebrige Arbeitsfläche. Timo reparierte großflächig, indem er gefaltete Streifen kreuz und quer über die alten klebte. Der Turm wirkte nach dieser Maßnahme wie eine stümperhaft wiedereingewickelte Mumie. „Immerhin steht er wieder!", entfuhr es Marvin.

3 Minuten

Frau Suhrbeins toupiertes Grauhaar wippte von einer Seite auf die andere, während sie versuchte die Größe der beiden Werke abzuschätzen.

Die Mädchen hatten mit Wasim zusammen eine Konstruktion erschaffen, die bestimmt an die 1,85m Größe hatte. Mit breitem Fuß und nach oben hin schlanker werdend, hatte sie statisch gute Voraussetzungen die nächsten und somit die entscheidenden Minuten zu überstehen, jedoch hatte sie nach wie vor einen deutlichen Drang zu Fensterseite hin und jede auch noch so ausgefeilte Hilfskonstruktionen würden sie möglicherweise nicht auf Dauer retten können. Anderserseits gab es schiefe Türme in der Realität, die Jahrhunderte überdauert hatten. Der Campanile in Pisa soll sogar einst Galileo zu wissenschaftlichen Studien gedient haben.

2 Minuten

Der Turm der Jungen war weitaus schlanker, aber auch hier mussten die Bauherren bereits auf den Tischen stehen, um ihr Werk weiter zu bearbeiten. Seine Ästhetik war durch das deutliche Zuviel an Klebstoff etwas eigenwillig ausgefallen. Auch beeinflusste dies die Statik, denn die Papierstreifen wurden durch die hohe Feuchtigkeit instabil. Doch Ziel des Wettkampfes war die zu erreichende Höhe der Konstruktion gewesen, und die war bei beiden der teilnehmenden Parteien beachtlich.

Frau Suhrbein würde einen Meterstab zu Hilfe nehmen müssen, um den Sieger zu ermitteln.

1 Minute

Es klopfte an der Tür. Im Eifer des Gefechtes hörte es keiner.

„Ich habe angeklopft, aber wie ich sehe, seid ihr ja alle gut beschäftigt!"

Die Rektorin, Frau Rüter-Kümmerle, schaute sich interessiert um, als sie den Wettkampfort betrat. „Ihr seid vom Architektenwettbewerb inspiriert, wie ich sehe!", wandte sie sich an Felix, der der Tür am nächsten stand.

„Ich, ja, äh...", stotterte er. Da offensichtlich kaum einer das Begrüßungsritual, welches die Ankunft der Schulleitung im Klassenzimmer normalerweise einleitete, einhielt, war er sichtlich verunsichert. Nur eine Handvoll der Schüler hatte ihre Arbeit eingestellt, standen mit herabhängenden Armen, als wollten sie sich eine Strafarbeit abholen und richteten ihren abwartenden Blick auf ihre Klassenlehrerin. Frau Suhrbein wedelte mit den Händen in Richtung ihrer Schüler. „Weitermachen, weitermachen, ihr habt nur noch eine knappe Minute Zeit!", klärte sie die Situation und zur Rektorin gewandt: „Frau Rüter-Kümmerle, wie schön, dass sie uns besuchen! Wir sind hier gleich fertig!" Ihr Tonfall verriet, dass sich die Schulleitung keinen unpassenderen Zeitpunkt hätte aussuchen können, doch die Rektorin interessierte sich viel mehr für die beiden Türme. „Mädchen gegen Jungen?", fragte sie Marvin.

„Mhm!", brummte dieser. Er hatte keine Zeit für eine ausführliche Antwort, denn er versuchte auf dem Tisch stehend die letzten Sekunden des Wettkampfes zu nutzen, um seinem Turm eine überdimensionale, hastig zusammengezimmerte Spitze aufzusetzen.

„Achtung, noch zehn Sekunden!", rief Frau Suhrbein laut durchs Zimmer. „Danach darf der Turm nicht mehr berührt werden!"

„Oh nein!", rief ein Mädchen erschrocken und schlug sich die Hände vor den Mund.

„Los, mach schon!", schrie Felix seinen Freund Marvin an.

„Cool down!", antwortete Marvin lässig und sprang zufrieden mit seinem Werk vom Tisch, „die Spitze toppt alles, da können die nicht mehr mithalten!"

„Nichts mehr machen!", hielt Wasim Eileen zurück, die erkannt hatte, dass der Jungenturm mit der riesenhaften Spitze sie schlagen würde und nun hektisch begann ebenfalls eine noch längere Spitze zu formen.

„Aber...", Eileen hielt in der Bewegung inne und funkelte ihn an.

„Warte ab!", Wasim ließ sich nicht aus der Ruhe bringen.

„Sieben...sechs...!" die Jungen nutzten den Countdown triumphierend, um bereits vorab ihren Sieg, dessen sie sich sicher waren, zu feiern. Klebstoffverschmierte Hände klatschen den Takt mit und strahlende Gesichter betrachteten den höheren der beiden Türme.

„Fünf...vier...!"

Die Mädchen hielten in stummen Entsetzen den Atem an. Nur auf Wasims versteinerte Miene zeigte sich keine Regung.

Trompe-l'œil

„Drei!"

Frau Suhrbein war ganz auf den Sekundenzeiger ihrer Uhr fixiert, während die Rektorin Wasim in der Mädchengruppe entdeckt hatte. Sie lächelte ihn an.

„Zwei!"

In diesem Moment passierte es. Die Gesetze der Physik forderten ihren Tribut.

Das hastig aufgesetzte Oberteil knickte seitlich ab. Für den Bruchteil einer Sekunde sah es so aus, als könne dies dem restlichen Bauwerk nichts anhaben und so standen sich der Mädchenturm, etwas schief, aber standhaft, und der Jungenturm, dessen Spitze zur Seite hinabhing, in etwa gleicher Höhe trotzig gegenüber.

„Nein, Mann, bleib stehen!", schrie Felix außer sich, „das kann doch nicht sein! Wir haben gewonnen!" Sein Blick hastete zwischen Lehrerin, Rektorin und Bauwerk hin und her. Doch es war zu spät. Der Turm fiel Stockwerk für Stockwerk in sich zusammen.

„Eins...Null...Fertig!", beendete Frau Suhrbein den Countdown.

Alle hatten das Schauspiel gebannt verfolgt und nun brach Tumult aus. Die Jungs ließen ihrem Frust freien Lauf. Marvin zerknüllte die einstigen Turmstreben zu einem großen Papierball und schleuderte ihn in Richtung Mülleimer. Der Schaukler starrte paralysiert auf die klebrige Arbeitsfläche. Timo und Felix begannen zu streiten.

Die Mädchen hingegen hüpften begeistert auf und ab. „Gewonnen! Wir haben gewonnen!", machte Eileen ihrer Erleichterung Luft. Die Zwillinge standen sich gegenüber. Die Freude der einen spiegelte sich haargenau in der Mimik der anderen.

„Jaaa!", schrie Sofie und Amelie ergänzte: „So sehen Sieger aus, lalalalala...!"

Nur Wasim saß still und äußerlich unbewegt auf seinem Stuhl.

Frau Suhrbein nahm mehrere Anläufe, um für Ruhe zu sorgen. „Hallo! Kinder! Wir möchten nun weitermachen!" Es war kein Durchdringen möglich. „Ruhe jetzt! Ru-he!"

Die Rektorin nahm kurzerhand eine Glocke vom Lehrerpult. Energisch läutete sie und sofort trat die geforderte Ruhe ein. Plötzlich wurden sich alle der Anwesenheit der Rektorin bewusst und sie unterdrückten widerwillig ihre Emotionen.

„Setzt euch auf eure Plätze!", befahl sie.

Die Schüler kamen zögerlich der Aufforderung nach.

„Nun, weshalb ich gekommen bin", fing Frau Rüter-Kümmerle an, „ich wollte einen Schüler aus eurer Mitte entführen..."

Die Klassenlehrerin sah sie fragend an.

„...doch, wie ich sehe, seid ihr hier mit Architektur beschäftigt!", fuhr sie fort, „Wer von euch möchte mir denn gerne euer Projekt erklären?"

Marvin rutschte unruhig auf seinem Stuhl hin und her. Die Zwillingschwestern meldeten sich zeitgleich zu Wort. „Ja bitte, ihr beiden!", forderte sie die Rektorin zum Sprechen auf.

Sofie und Amelie schilderten abwechselnd die Aufgabenstellung und den Ablauf des Wettkampfes.

„Und ihr Mädchen habt gewonnen, wie ich sehe!"

„Nun ja...", Sofie zögerte, „eigentlich hat Wasim gewonnen!" Alle Blicke richteten sich auf den Jungen mit dem bronzefarbenen Teint.

„Wasim war in der Mädchengruppe?"

„Ja, und wenn er nicht gewesen wäre...", fing Sofie den Satz an und Amelie beendete ihn: „...dann hätten wir nicht gewusst, wie das geht mit dem Turmbauen!"

Sie schilderten Wasims Leistungen, angefangen von der Idee die Papierstreifen längs zu falten und ihnen somit Stabilität zu verleihen, bis hin zur Einführung der Diagonalen und den Stützen, die auf seine Anweisungen hin eingebaut worden waren.

„Nun, Wasim", richtete die Schulleiterin das Wort an den abseits sitzenden Jungen, „mich verwundert das ja nun überhaupt nicht! Du bist ja geradezu prädestiniert für diese Aufgabe!"

Wasim richtete seinen Blick zu Boden. „Na, dann komm doch mal nach vorne zu mir!" Sie winkte ihn mit der rechten Hand zu sich. „Das hier war sozusagen angewandte Physik, was ihr da gerade erlebt habt!" Die Rektorin machte eine Kunstpause. Wasim war vor ihr stehengeblieben. Er starrte auf seine Schuhe, als habe er sie noch nie gesehen.

Die Schulleiterin fasste ihn unters Kinn und hob seinen Kopf: „Du kannst sehr stolz auf deine Leistung sein, Wasim!" Sie schaute ihm einen kurzen Moment in die Augen, drehte ihn dann zur Klasse um und legte ihm beide Hände auf die schmalen Schultern.

„Heute findet die Preisverleihung des Architekturverbandes Baden Württemberg statt. Sämtliche Architekturstudenten Deutschlands waren aufgerufen worden, einen Entwurf für die Neubebauung des Ground Zeros in New York abzugeben. Eine schwierige und heikle Aufgabe! Und nun werden wir beide hier, Wasim und ich, da hingehen!"

„Hä?", entfuhr es Marvin, „wieso denn der?"

„Der", betonte die Rektorin und machte Marvin somit klar, dass dies nicht die richtige Formulierung gewesen war, „hat physikalische Gesetze wie die Statik beispielsweise, sozusagen mit der Muttermilch eingeflößt bekommen!"

„Bitte?", mischte sich die Klassenlehrerin ein, „wovon ist hier die Rede?"

„Die Rede ist von den Frauen in Wasims irakischer Familie: Seine Mutter war bereits Architektin, und seine Schwester ist genau diejenige, weshalb wir beide heute gemeinsam nach Stuttgart zur Preisverleihung fahren!"

„Sie ist -", die Klassenlehrerin stand mit offenem Mund da.

„Sie ist die Preisträgerin! In der Tat! Melek Masaad, Architekturstudentin an der Uni Hamburg im achten Semester hat den besten Entwurf abgegeben!" Stolz, als sei dies ihr Verdienst, musterte sie die unterschiedlichen Reaktionen auf den Gesichtern der Schüler.

„Ja klar, eh, dass der das kann!", murmelte der Schaukler, wurde aber sofort von der hochgezogenen Augenbraue seiner Klassenlehrerin zur Räson gerufen.

„Melek Massad?", fragte Frau Suhrbein, „war die nicht auch schon an unserer Schule?"

„Ja, sie tritt in die Fußstapfen ihrer Familie und wird wohl mal eine erfolgreiche Architektin werden!"

„Genau wie Zaha Hadid!", platzte Amelie heraus.

„Ja, genau wie Zaha Hadid!", bestätigte die Rektorin.

Der schmale Junge versank in den weißen Ledersitzen der Limousine. Seine Hände hatte er unter den Oberschenkeln vergraben, als wolle er sie davor bewahren herunterzufallen. Die Rektorin fuhr zügig auf der Autobahn.

„Nun, Wasim", brach Frau Rüter-Kümmerle das Schweigen, „wie sieht denn dein Berufswunsch aus? Jetzt, wo du so eine berühmte Schwester hast, willst du doch bestimmt auch Architekt werden! Es wurde dir ja sozusagen schon in die Wiege gelegt!", lachte sie.

Trompe-l'œil

Wasim antwortete nicht. Er beobachtete angestrengt die draußen vorbeifliegenden Bäume.

„Wasim?", hakte sie nach, „hörst du?"

Der Junge reagierte nicht.

„Wasim?", fragte sie etwas lauter, „ich habe dich gefragt, ob du auch Architekt werden möchtest!" Sie sah kurz zu ihm rüber. Noch immer starrte er zum Seitenfenster heraus. „Und? Wie lautet deine Antwort?"

Langsam drehte er seinen Kopf zu ihr und seine dunklen Augen schauten sie ernst an.

„Nein." Es war eine Feststellung, mehr nicht.

„Ich möchte keine Häuser bauen." Sein Gesicht wurde weicher und ein zartes Lächeln umspielte seinen Mund.

„Ich", sagte er, „ich werde einmal ein Kindergärtner sein!"

Trompe-l'œil

Das Hängebauchschwein war eine Strafe Gottes. Aber es verfügte über eine angeborene Autorität, dem sich annähernd jeder im Tierischen Team unterordnete, folglich konnte Don Pax, der Büffel, der gleichzeitig Chef der ganzen Truppe war, schlecht auf das Schwein verzichten. Außerdem kannte es sich im Trockenbau aus, wie kein Zweiter.

Es soff bereits am frühen Morgen kanisterweise verdünntes Schwarzbier, so dass die Baustellenbestücker, ein eingespieltes Team fleißigster Wander- und Blattschneideameisen, für die es eine der leichteren Fingerübungen darstellte, sämtliches Werkzeug und sämtliche anfallenden Materialien für den Umbau einer siebzehn-Zimmer-Villa innerhalb einer Stunde zusammenzustellen und innerhalb der nächsten auf dieselbige Baustelle zu schaffen und dies in der Regel ohne einen einzigen fehlenden Dispersionspinsel, so dass also besagte Wanderameisen die Augen verdrehten, wenn es darum ging, die Baustellen des Hängebauchschweines zu beliefern. Nun hätte man meinen können, statt der zusätzlich benötigten Truppe fleißiger Helferlein wäre es ein Einfaches gewesen, dem Schwein statt verdünntem Schwarzbier den örtlichen Wasseranschluss ans Herz zu legen, doch Pustekuchen: Quichotte, das struppige Borstentier, bestand auf besagtem Getränk, denn schließlich war es Capo der Truppe, und wäre in einen komaähnlichen Sitzstreik unbekannten Ausmaßes verfallen, hätte man ihm dieses vorenthalten.

Don Pax seufzte tief. „Bis wann brauchst du das Emu?"

„Heute stellen wir die Wände fertig, ey, morgen kann das Huhn grundieren und dann Trocknung." Das Hängebauchschwein sog gierig am schwarzen Gummischlauch, der sich wie eine Natter aus seinem Maul über den Boden bis hin zum Schwarzbierfass im Nebenraum wand.

Der Büffel wollte gerade nachhaken, doch das Schwein ließ ihn nicht zu Wort kommen.

„Ey, Cheffe, so wies heute ist, 25 Grad, gefühlte 23, Luftfeuchtigkeit

60 Prozent, kein Wind, da wird der Anstrich zwischen 16.15 und 16.25 Uhr trocken sein! Kommt drauf an, ob das Huhn wieder rumzickt – wenns klappt, ey, kann alles 29 Minuten vorher fertig sein. Oder 25 oder auch 30, Cheffe", das Hängebauchschwein grinste, „wenn das Wiesel morgen nicht breit ist, ey, kann es beim Grundieren helfen, wenn es bis dahin das Bad fertig hat. Fliesen und verfugen–",

Der Büffel hatte genug: „Quichotte! Sag mir jetzt klipp und klar, wann du das Emu für das Wandgemälde brauchst! An welchem Tag und um welche Uhrzeit!"

„Ey, Cheffe, hab ich doch schon gesagt!"

Pax schnaubte und scharrte mit den Hufen.

„Wann?", schrie er seinen Capo an.

„Donnerstag, den 21. Juli 2011, 7 Uhr, 7 Minuten, 5 Sekunden MEZ! Ey!", Quichotte riss seinen rechten Arm hoch und salutierte zackig, ohne den Gummischlauch loszulassen, wodurch er einen kräftigen Schwall Schwarzbier durch den Raum schleuderte.

Arbeitsbeginn auf der Baustelle war um 7 Uhr. Warum das Emu erst um 7 Uhr 7 Minuten und 5 Sekunden eintreffen sollte, wagte der Büffel nicht zu fragen, er nahm an, dass das Hängebauchschwein morgens als erste Amtshandlung vor dem Beginn der eigentlichen Arbeiten dafür Sorge trug, dass sein Fass an eine taktisch kluge Stelle gerollt wurde. Taktisch klug hieß in diesem Falle, von allen Standorten der Baustelle, die der Capo einnahm, um seine Untergebenen zu beobachten und gegebenenfalls anzutreiben, musste der Schlauch lang genug sein, um mitgeführt werden zu können, so dass Quichotte nie vom flüssigen Nachschub abgeschnitten war.

„Quichotte, du bist eine Strafe Gottes!", sagte der Büffel und ließ seinen Capo stehen.

Das Emu hieß eigentlich Zogu, ob dies jedoch Zufall war, ist nicht überliefert.

Ein Emu ist ein Emu und da spielt es letztlich keine Rolle, dass Zogu, welches ein albanischer Name ist, auf deutsch „Vogel" heißt. Wie ja jedes Kind weiß, ist ein Emu ein Laufvogel, der nicht fliegen kann. Zogu konnte auch nicht fliegen, dafür umso schneller laufen, behauptete zumindest er selbst. Emus haben ihre Flugmuskulatur zu Beckenmuskulatur umgebildet, was sie, wenn sie schlank und durchtrainiert sind und alles geben, durchaus in die Lage versetzen kann, innerhalb geschlossener Ortschaften wegen Überschreitung der zulässigen Höchstgeschwindigkeit geblitzt zu werden. Zogu hingegen konnte rennen, so schnell er wollte, ihn hätte nicht mal eine 30er Zone zu Fall gebracht. Er war lauffaul, kurzbeinig, hatte vier statt drei Zehen an jedem Bein und von irgendwelchen sportlichen Laufwettbewerben so weit entfernt, wie sein Malercapo, das Hängebauchschwein. Doch wozu war Zogu dann im Team? Nun, das Emu war ein Künstler. Und zwar ein begnadeter. Es brauchte zwar eine vorher nicht näher zu bestimmende Zeitspanne, um seinen Auftrag auszuführen, auch war es eine Diva in diesen Dingen, ließ sich vegan verköstigen, nicht mit dem üblichen Leberkäswecken vom Metzger, nun, kurz und gut, in seinen kreativen Stunden war es unschlagbar. Aus seinen Krallen entstanden Werke von außergewöhnlicher Intensität und Ausstrahlung. Wenn ihn die Muse küsste, und man konnte nur hoffen, dass dies passierte, wenn ein entsprechender Auftrag anstand, dann wurde aus dem hässlichen, unscheinbaren Zogu ein wahrhaft mystisches Wesen.

Er ließ sich in den Räumlichkeiten einschließen, in denen sein Werk entstehen sollte. Und da es sich in der Regel um Trompe'l'œil, illusionistische Malerei, handelte, also um Bilder quadrametergroßen Ausmaßes, er also eine Weile dafür brauchen würde und sich jede Störung verbat, ließ er sich in der Mitte des Raumes ein Feldbett aufschlagen, um das herum er sich frisches Obst und Gemüse, am besten regional und saisonal gezogen und verkauft, auftischen ließ. Außerdem liebte er Ciabatta, das italienische Weißbrot mit Oliven, und nur hierfür, denn es musste täglich frisch sein, duldete er eine Unterbrechung.

Das Ritual war Folgendes: Auf ein verabredetes Klopfzeichen hin erstarrte das Emu in seiner Tätigkeit wie einst Frau Lot zur Salzsäule, wurde sozusagen eins mit seiner Trompe–l'œil Malerei.

Es rührte keinen Millimeter seines Körpers, während die Wanderameisen das frische Brot brachten und die alten Krümel beseitigten. Erst als die letzte Assistentin den Raum verlassen hatte, sie liefen grundsätzlich in einer langen Reihe hintereinander, und die Tür geschlossen worden war, wie man es bei Schwerstkranken macht, sanft und möglichst ohne Geräusch, dann löste sich das Emu aus seiner Starre und machte da weiter, wo es aufgehört hatte.

Wenn nun das Arrangement zu seiner Zufriedenheit aufgebaut war und alle den Raum verlassen hatten, begann es, nicht ohne im Vorbeigehen die ein oder andere Traube zu naschen, seine Utensilien auszubreiten. Es verfügte über ein unüberschaubares Sammelsurium von Pinseln. Sein Repertoire reichte vom langen dünnen Marderhaarpinsel, mit dem es feinste Striche ausführen konnte, bis hin zum schweinsborstigen Heizkörperpinsel, der dazu diente, Strukturen aufzutragen. Aus jeder Tasche seines zu Anfang noch blütenweißen Maleroveralls ragten diese Werkzeuge, dazu Spachtel mit oder ohne Zähnchen, Lappen, natürlich unbenutzt und genauso jungfräulich wie der Overall, Einweghandschuhe, unzählige Farbtuben und eine lange, schwarzglänzende, dünne Zigarettenspitze, deren Mundstück völlig zerkaut war und deren anderes Ende ein halbgerauchtes, zerdrücktes Zigarillo zierte.

Zuerst steckte es sich die Zigarrettenspitze in den Schnabel, dann öffnete es sämtliche Farbtuben, warf nochmal einen kurzen Blick auf die leeren Wände, griff gezielt den kostbaren Marderhaarpinsel heraus und begann mit feinen dünnen grauen Strichen eine schnelle, wässrige Vorzeichnung, die bereits zu Anfang ahnen ließ, dass diesen Pinsel ein Meister seiner Zunft führte. Dann begann es ohne zu Zögern, rot, blau und gelb, sowie schwarz und weiß auf eine Palette aufzutragen, die es mit der linken Kralle führte, während es mit rechts die Farben mischte und auftrug. Vorerst benutzte es noch einen Lappen, wenn es galt, einen Pinsel zu trocknen, damit der neue Ton nicht zu wässrig geriet, doch im weiteren Verlauf ersetzten seine Hosenbeine diese Funktion, so dass, von vielen bunten Strichen verziert ein Muster entstand, das aussah wie hingeworfene Mikadostäbchen. So wie auch seine Kleidung nahm auch sein Gefieder mehr und mehr Farbe an. Spachtelmasse klebte an seinen Flügeln, denn nun malte es nicht mehr nur mit Pinsel, nein, es malte mit allem, was ihm zur Verfügung stand. Im Schnabel hielt es mehrere Pinsel gleichzeitig, seine Krallen umspannten diverse Farbtuben. Offene Flaschen, vollgeschmierte Paletten, zu Bruch gegangene Pinsel, zusammengeknüllte Lappen und ausgerissene Federn säumten seinen Weg.

Es lief vor und zurück, formte ein Viereck mit seinen Krallen und begutachtete sein Werk durch dieses Guckloch aus angemessener Entfernung. Dies schärfe den Blick, behauptete es. Es legte sich flach auf den Boden, um sein Bild aus der Froschperspektive anzuschauen, machte hilflose Flugversuche indem es wild pumpend mit den Flügeln schlug, um die Vogelperspektive nachzuempfinden. Es sprang an die Decke, hängte sich an heraushängenden Kabeln fest, um von oben zu sehen, es quetschte sich in alle Ecken des Raumes, es gab keinen Zentimeter des Raumes, an dem es nicht gestanden, gelegen, gehüpft, gekniet war, und von dem aus es sein Werk nicht kritisch überprüft hatte.

Hinterher, wenn alles zu seiner Zufriedenheit fertiggestellt war, und hier musste man eingreifen, wenn man der Meinung war, das Werk vertrage keine Veränderung mehr, denn Zogu war ein Künstler und als solcher nie zufrieden mit seiner Arbeit, wenn also der Büffel, sein Chef, ihm bedeutet hatte, es sei gut, ja sogar sehr gut, dann legte sich Zogu auf sein Feldbett, zündete sich sein Zigarillo an und betrachtete auf der Seite liegend wie einst Julius Cäsar sein Gemälde und warf sich Trauben in den Schnabel.

Zu Beginn seiner Laufbahn auf dem Bau war es nur der Laufbursche gewesen, möglicherweise hatte man sich deshalb auch für ein Emu entschieden, man hatte sich eine billige Arbeitskraft erhofft, eine, bei der es nicht darauf ankam, ob sie zehn oder zwanzig Minuten zum Vesperholen brauchte. Eine, die tage- und wochenlang die unliebsamen Arbeiten erledigen konnte, auf die die anderen keine Lust hatten, und die mehr oder minder gesundheitsschädlich waren. Abgeblätterten Lack von Fensterflügeln abschleifen beispielsweise oder Heizkörper abbeizen oder solcherlei Dinge mehr, die es zu erledigen galt.

Zogu war ein Flüchtling. Er war aus Albanien geflohen, weil er an der Ausübung seiner Religion gehindert worden war. Anfangs riefen ihm alle „Abdullah!" hinterher und fragten ihn nach seinem Gebetsteppich, doch Zogu, das Emu, war Katholik. Folglich brauchte es keinen Gebetsteppich, keinen Koran und kein Mekka, es brauchte einzig eine Aufenthaltsgenehmigung für seine neue Heimat. Mittlerweile hatte es die fünfte Duldungsverlängerung in der Schublade liegen und endlich auch ein dauerhaftes Bleiberecht, vorausgesetzt es verlor seine Arbeit beim Tierischen Team nicht.

Zogu konnte mit dem Schwingschleifer besser umgehen, als alle seine Kollegen, galt immer noch als Fremder und die Anspielung auf den Gebetsteppich konnten sich manche der Kollegen einfach nicht verkneifen.

Wie versprochen traf das Emu am Donnerstagmorgen um 7 Uhr 17 Minuten ein. Das Hängebauchschwein zog seine rechte Braue missachtend nach oben, als es einen prüfenden Blick auf seine bunte Mickey-Maus-Taschenuhr warf. „5 Sekunden!", konstatierte es, „nicht 10!"

Es grinste unverschämt, „Ey, hast wohl noch deinen Gebetsteppich einpacken müssen? Du sollst den Pool malen. So mit Sonnenuntergang, Meerblick und so, ey, du weißt schon. Ich lass dir ein Gerüst in den Pool stellen, dann kannst du da deinen Teppich ausrollen!"

„Wem gehört das hier?", fragte Zogu, der sich von Quichotte schon lange nicht mehr provozieren ließ.

„Cheyenne Sundance Cheryblossom möchte-", hob das Hängebauchschwein zu einer ausführlichen Erklärung an, indem es jeden einzelnen Namen betonte.

„Cheryblossom?", das Emu erschrak, „die Cheryblossom? Die berühmte Libelle?"

„Ja, ey, Abdullah, genau die!", Quichotte strahlte, als habe er diesen lukrativen Auftrag an Land gezogen, „Die Cheryblossom! Als ich dich im Mondlicht traf, mein treuer Graf-", begann er den neuesten Hit der Cheryblossom zu trällern.

„-du stahlst mein Herz, oh welch ein Schmerz-"

„Ja,ja, ist gut, Capo, wir kennen es, schließlich wird es ja alle paar Minuten im Radio gespielt", Zogu wollte seine Bewunderung für den Star nicht thematisieren, also versuchte er abzulenken:

„Das ist also die neue Hütte von der Cheryblossom? Ganz schön riesig!"

„-lalalala, lalalala-", zum Glück hatte Quichotte den Text vergessen, doch der Melodie fühlte er sich weiterhin verpflichtet. Er sang in seinen Trinkschlauch, den er für diese kurze Vorstellung zum Mikrofon umgewandelt hatte. „-du stahlst mein Herz-",

Das Emu überließ das Hängebauchschwein sich selbst und seiner Interpretation des Cheryblossomschen Refrains und wanderte neugierig auf der Baustelle umher.

„Wow!", rief es begeistert, und es klang, als käme sein Ausruf aus einer Grabkammer.

„Was für ein Megapool! Riesig!" Es stand in dem lindgrün gefliesten Becken, das annähernd die Ausmaße eines städtischen Hallenbades hatte. Nach drei Seiten hin war der Badebereich von hartweißen, glatten Wänden, die von einem Springbrunnen und mehreren Liegebereichen unterbrochen waren, umgeben und die Südseite gab durch eine große Glasfront den Blick auf einen neuen Holzsteg frei. Darunter lag bewegungslos der See.

„Nette Hütte hat die Lütte, nicht wahr?" Das Wiesel spähte über den Rand des Beckens zu Zogu hinunter.

„Das kannst du laut sagen, Sam!", kam es dumpf aus der Gruft. Zogu kletterte aus dem Becken. "Was macht ihr gerade? Du und das Huhn?"

„Bin dabei, das Bad zu fliesen, musst du dir anschauen, gigantisch, sag ich dir!", schwärmte das Wiesel.

„Und das Huhn? Ist es nicht auf der Baustelle?"

„Doch, doch, das Huhn hat drüben im Schlafbereich abgeklebt, weil das Chamäleon dort einen Streichputz aufbringen soll!"

„Das Chamäleon ist auch da?" Das Emu verzog den Schnabel.

„Ich weiß, dass du es nicht besonders leiden kannst, Zogu, aber es ist nun mal Spezialist für Farben-", es unterbrach sich schnell, „-äh, für äh, Dings, Wischtechniken, wie du weißt!"

Doch das Emu war schon beleidigt.

„Soso, Spezialist für Farben! Dass ich nicht lache, dieses Chamäleon ist ein lispelnder Möchtegernkünstler mit wässrigen Möchtegernfarben und einem löchrigen Möchtegernhirn!", echauffierte sich das Emu.

„Wer hat hier ein Hirn?", dröhnte es von der Tür, „der einzige, der hier was denkt, bin ich, ey!"

Das Hängebauchschwein blickte forsch in die Runde. „Wiesel, was machst du hier? Ist das Bad fertig? Die Cheryblossom zieht nächste Woche ein, ey, und wenn ihr nicht fertig seid, dann gibts was hinter die Löffel, verstanden?"

Unwirsch zog es an seinem schwarzen Schlauch, der sich bedenklich gespannt hatte.

„Aurora!", schrie er ungehalten, „der Schlauch!" Kein Mucks war zu hören. Das Wiesel hatte sich schleunigst aus dem Staub gemacht und das Emu starrte die weißen Wände an. Der Geruch von frischer Dispersionsfarbe lag in der Luft.

„Au – ro – ra!", das Gesicht des Hängebauchschweins färbte sich mit jeder Silbe dunkler, „komm sofort her, ey! Der verdammte Schlauch....!" Erneut zerrte es mehrmals ungehalten am Schlauch.

„Ja, Chef, sofort, ich komme!", tönte es von weit her aus den oberen Stockwerken.

Plötzlich hörte man ein sattes schnalzendes Geräusch und Quichotte, der mit seinem ganzen Körpergewicht gezogen hatte, verlor das Gleichgewicht und krachte gegen den provisorischen Türrahmen. Das Emu war von der skurrilen Vorstellung seines Capos nicht im Mindesten beeindruckt, es tat, als sei nichts gewesen. Der Türrahmen hing schief in seiner Verankerung, na und? Seine Aufgabe war eine andere, eine schöpferische, darum war er hier.

„Sorry, Chef!", piepste Aurora, das Stachelschwein, das atemlos angerannt kam, „war oben und auf der Leiter und ...!"

„Mir scheißegal, wo du warst, Sau, wenn ich rufe, hast du gefälligst hier zu sein, ey!", schnaubte Quichotte, noch immer feuerrot im Gesicht, „und was soll die Sauerei mit meinem Schlauch hier, ey? Zu kurz, ey? Wie das? Das darf nicht passieren, Sau! Alles, aber das nicht! Ist das klar, ey?"

Er tobte unter dem eingeknickten Türrahmen von links nach rechts, drehte sich mehrmals um die eigene Achse, wobei sich der Schlauch um seinen voluminösen Körper wickelte, was ihn noch mehr in Rage versetzte. „Verfluchte Scheiße, ey-!"

„Ganz ruhig, Chef, beruhige dich, alles wird gut!", versuchte das Stachelschwein seinen Capo zu besänftigen.

„Scheiße! Scheiße! Scheiße!", von Flüchen begleitet verhedderte sich das Hängebauchschwein immer mehr in die Zufuhrleitung seines Schwarzbieres, während das Stachelschwein nervös um seinen Capo herumtanzte in dem Bestreben, diesen aus seiner peinlichen Lage zu befreien. Mittlerweile waren aufgrund des Lärms alle Mitglieder des Tierischen Teams am Ort des Geschehens eingetroffen. Sie standen in sicherem Abstand zu ihrem rasenden Capo und beobachteten amüsiert das Schauspiel.

„Wassss treiben die da?", lispelte das Chamäleon, wobei es versuchte seinen Sprachfehler wie das Zischen einer Klapperschlange klingen zu lassen. Es drehte beharrlich im Sekundentakt seinen Kopf hin und her, um einmal mit dem rechten und dann wieder mit dem linken Auge das Spektakel zu beobachten, als traue es keinem seiner beiden Augen.

„Unfasssssbar, issss ja unfasssssbar!" Offenbar fand es aufregend, was es zu sehen bekam, denn es wechselte beständig die Farbe.

„Angeber!", murmelte das Emu, es stand etwas abseits, hatte seine Flügel tief im Maleroverall versenkt und sah seinen eigenen großen Auftritt schwinden.

Das Huhn tippelte nervös von einem Bein auf das andere, sein Schnabel klappte kontinuierlich auf und zu, jedoch drang kein Laut aus ihm. Um seinen schmalen Hals trug es mehrere Rollen Malerband.

„Kannst du vielleicht mal deine schlanken Beinchen ruhig halten?", forderte das Wiesel mit einem Seitenblick zu dem Federvieh, „du machst ihn noch nervöser mit deinem Rumgezappele!"

Das Huhn warf ihm einen angstvollen Blick zu und erhöhte die Frequenz seiner Tippelschritte.

„Hör auf damit! Gleich flippt er aus!", erwartungsvoll und amüsiert beobachtete das Wiesel das Geschehen aus zweiter Reihe, hüpfte dabei immer wenige Zentimeter in die Höhe, um über das Huhn, hinter dessen Rücken es sich verschanzt hatte, hinwegsehen zu können.

„Wetten, gleich flippt er aus! Aus der Schmaus!", freute es sich.

„Was für eine Truppe", stöhnte das Emu leise, "einer dämlicher als der andere!"

„Quichotte! Alles ist wieder gut, Chef, alles ist wieder gut!", rief das Stachelschwein aus. „Alles okay!", es strahlte. Quichotte war befreit. Der Schlauch hing nun an Aurora fest, hatte sich in ihren langen Stacheln verhakt und war mehrfach von ihnen durchlöchert worden.

„Du dämliches Schwein!", rief der Capo erbost, „was hast du angestellt, ey? Verflucht! Mein Schlauch ist hinüber!"

„Aber Chef...!"

„Nix ‚aber Chef! Geh mir aus den Augen, ey, sonst...!" Er fuchtelte mit seinen vier Vorderzehen in ihre Richtung.

Aurora suchte schleunigst das Weite und mit ihr stürmten die anderen Tiere Hals über Kopf aus dem Raum, denn wenn Quichotte mal so aus dem Häuschen war, wollte keiner von ihnen in seiner Reichweite sein.

Es dauert eine geschlagene Stunde, bis das Hängebauchschwein sich beruhigt hatte, oder besser, um genau zu sein, 59 Minuten und 15 Sekunden.

Alle waren an ihre Arbeit zurückgekehrt, nur das Emu, das noch auf sein Gerüst wartete, wanderte gemütlich auf der Baustelle umher, hielt hier ein Schwätzchen, machte dort eine Bemerkung und stellte sich vor, in dem großzügigen Anwesen zu wohnen. Er war gerade von seinem Rundgang wieder zurück beim Pool angekommen, als Quichotte ungehalten, denn sein Schlauch war kaputt, donnerte: „Ey, Abdullah! Du machst hier die Wände mit deinem Gemale, ey! Die Libelle will medriterristrisches Fler an den Wänden. So Säulen und Palmen mit Meerblick. Papageien und eben das ganze Gedöns, klar, ey?..."

„Medriterristrisches Fler?" Das Emu, obwohl es schon verstanden hatte, konnte sich ein Nachfragen nicht verkneifen.

„Na, so wie es bei euch da unten eben aussieht, Abdullah! Ey Mann, ist das so schwer zu begreifen?"

„Mediterranes Flair, wolltest du sagen. Es heißt me-di-ter-ran, nicht medriterristrisch, und-",

„Naja, mach mal,- und es muss super werden, hörst du su-per, ey!", mahnte Quichotte mit seinen zwei Zehen, „Super, ey!"

„Als ob es das nicht immer werden würde!" Schon wieder war Zogu beleidigt, denn an seiner Künstlerehre durfte man nicht rühren.

Sam, das Wiesel kehrte frohgelaunt an seinen Arbeitsplatz, das Badezimmer, zurück. Dieses sogenannte Badezimmer glich eher dem Wellnessbereich eines fünf Sterne Hotels in einer der teuersten New Yorker Wohngegenden, als einem herkömmlichen Bad.

Es hatte einen amorphen Grundriss, so dass man den Eindruck hatte, es fließe nach allen Seiten hin fort. Auch hier auf Ostseite, denn offensichtlich wollte die Cheryblossom die aufgehende Sonne beim Baden bewundern, flutete eine beachtliche Glasfront den Raum mit Tageslicht. Ein ovaler Whirlpool, dem man auf einem Podest errichtet hatte, bestimmte diesen Teil des Bades. Rechts und links von ihm standen auf Holzpaletten in dicken Schichten Luftpolsterfolie eingewickelte weiße Statuen, die, so vermutete das Wiesel, badende Frauengestalten aus feinstem Carrara Marmor darstellten. Zu gerne hätte Sam herausgefunden, wie weit diese mit fließenden, steinernem Tuch an exponierter Stelle bedeckt waren, und jedes Mal, wenn er allein in dem Raum war, war er versucht die Folie hier und da ein wenig anzuknabbern, um seiner Neugierde Befriedigung zu verschaffen.

Ein einziges Mal - anfangs hatte er dutzendfach seiner Neugier widerstanden-, war er schwach geworden und er hatte, nicht ohne sich vorher mehrfach nach allen Seiten abzusichern, ob er allein im Raum war, angefangen die Brüste einer der Damen freizulegen. Er musste sich auf seinen Hinterbeinen lang ausstrecken, um zu dem Objekt seiner Begierde aufzuschauen, klammerte sich eng an ihre Hüften, um nicht umzufallen und knabberte hingebungsvoll an der Folie. So stand das Wiesel also völlig versunken in seine Tätigkeit. Von weitem hätte man meinen können, ein ungleiches Paar beim Liebesspiel zu ertappen. Das Wiesel war beinahe am Ziel angekommen. Am Boden häuften sich weggeknabberte Plastikfolienschnipsel, während sich die Folienverpackung an der Oberweite der steinernen Jungfrau so weit reduziert hatte, dass das Kopf des Wiesels bereits ein Stück weit in der Folie versunken war. Es grunzte und schmatzte, und da passierte es:

Von weit her, denn seine Ohren waren durch die dicken Schichten der Folie gut gedämmt, hörte es ein Geräusch. Es hielt kurz inne, jedoch war es noch nicht beunruhigt genug, um seinen Kopf aus der Verpackung zu ziehen. Nein, es musste eine Sinnestäuschung gewesen sein. Beunruhigt zwar, aber zu gierig, um seinem Tun Einhalt zu gebieten, fuhr es fort, die Folie wegzunagen.

Trompe-l'œil

Da! Da war es wieder. Er stockte. Hielt den Atem an. Sein Herz klopfte. Es lauschte angestrengt. Nein, da war nichts. Oder? Doch - da! Jemand rief einen Namen! Erneut hielt es irritiert inne. Jemand rief - seinen Namen!

„Sam! Wo steckst du?" Trotz der phonetischen Verzerrung konnte es deutlich die Stimme von Don Pax, seinem Chef, erkennen.

Und was das Schlimmste war: Sie schien beständig näher zu kommen.

Unvermittelt riss es seinen Kopf zurück, stieß sich abrupt von der Statue fort, als habe diese sich an ihn herangemacht, doch seine ruckartigen Bewegungen brachte die Schöne bedenklich ins Schwanken.

„Sam! Wo zum Geier bist du?" Die Stimme seines Chefs klang ungehalten. Gleich würde er hinter ihm stehen und fragen, warum das Bad noch nicht fertig gefliest war.

Die Marmorstatue kippte Richtung Whirlpool. Entsetzt sprang das Wiesel auf die Schöne zu und versuchte sie daran zu hindern auf die teure Wanne oder gar in die Fensterfront zu stürzen und somit eine Kettenreaktion unbekannten Ausmaßes zu verursachen.

„Wiesel?", das Stachelschwein klang sehr nahe, „der Chef sucht dich!"

Wo kam Aurora plötzlich her? Keine Zeit sich darüber Gedanken zu machen, die Katastrophe nahm ihren Lauf, und es galt das Schlimmste zu verhindern.

Das Wiesel hatte sich zwischen die stark geneigte Statue und eine Strebe der Fensterfront geklemmt, bildete somit eine lebende Brücke zwischen den kalten Materialien, zitternd, schwitzend, am Rande seiner Kräfte. Wäre es nicht in so einer unsäglichen Situation gewesen, hätte es sich bestimmt über die Tatsache amüsieren können, nun die Oberweite der schönen Kalten fest im Griff zu haben.

Das Stachelschwein erkannte die Situation sofort. Es rief laut in Richtung des Büffels, der bereits den Innenraum des Badebereichs betreten hatte, und nur aufgrund des verschlungenen Grundrisses die Situation noch nicht im Blickfeld hatte:

„Das Wiesel ist im oberen Bad, Chef, einen Stock höher!" Es lief im geflissentlich entgegen, „Du musst rauf, da hinten die Treppe!"

Pax unterbrach den Redefluss: „Und warum sagt mir das keiner? Wo die Treppe ist, weiß ich selbst!" Er hielt inne, als spüre er, dass die Atmosphäre angespannt war.

„Wie sieht es denn hier unten aus?" Neugierig bewegte er sich einige Schritte vor, spähte um diese und jene Ecke, „Ist dieses Bad schon fertig?"

Das Stachelschwein stellte sich ihm in den Weg. „Nun, äh, ja, das Bad ist - nein, das ist noch in dem Zustand, als du das letzte Mal da warst, glaube ich!"

Der Büffel schaute es befremdet an: „Seit wann stotterst du so rum? Ist irgendwas nicht in Ordnung?" Er ging zwei Schritte nach vorne, was ihn sehr nahe an den Ort brachte, von dem ihn das Stachelschwein unter allen Umständen fernhalten wollte.

„Nein, nein, nein, alles klar, alles in Ordnung, Chef - hast du - hast du - hast du schon gesehen, was das Emu gemalt hat? Drüben beim Pool?"

Das schien ihm eine gute Ablenkung, denn der Pool war am anderen Ende des Hauses.

„Wieso das Emu? Ist es etwa schon fertig?", fragte Don Pax, „Ich dachte, man darf es nicht stören, sonst wirft es mit Farbtuben um sich und verdirbt sein ganzes schönes Kunstwerk!"

Er lachte über diese Vorstellung, doch er erinnerte sich auch daran, dass er ja der Chef war, und es ihm somit durchaus zustand, jeden, also auch so eine empfindsame Künstlerseele wie Zogu, das Emu, bei der Arbeit stören zu dürfen. Er zögerte. Doch nur eine Sekunde.

„Also, dann lass uns mal schnell beim Emu reinschauen, bevor ich raufgehe!" Er rieb sich die Pfoten und verschwand zielstrebig in Richtung Pool.

Kaum war er verschwunden, rannte das Stachelschwein um die Ecke, erkannte die verzweifelte Situation des Wiesels, das inzwischen völlig verschwitzt und erschöpft immer noch tapfer den Abstandshalter zwischen Fensterfront und Statue gab.

Das Stachelschwein stieß einen kurzen Pfiff aus und innerhalb weniger Minuten waren Hunderte von Ameisen im Raum die mit Seilen und verwegenen Techniken, die Statue erst einwickelten, wie einst Gulliver auf seinen Reisen von den Zwergen im Lande Liliput eingewickelt worden war, und sie dann mit Hilfe des Stachelschweins wieder aufrichteten. Nach kurzer Zeit war der ganze Spuk vorüber. Zurück blieb ein klatschnasses Wiesel, eine Mumie mit kreisrundem Loch in der dicken Plastikverpackung an exponierter Stelle und ein amüsiertes Stachelschwein.

„Was hast du -?", setzte es an, doch da ertönte die Stimme des Büffels erneut.

„Achja, was ich noch vergessen habe - !", gleich würde er um die Ecke kommen.

Das Wiesel, es lag erschöpft am Boden, sprang auf, rannte in die Dusche, schnappte sich mit der rechten Pfote eine der exorbitant teuren Fliesen, mit der linken klatschte es Fliesenkleber auf die Wände, während das Stachelschwein geistesgegenwärtig eine schwarze Abdeckfolie vom Boden riss und über die Statue warf.

„Was ist denn hier los?", fragte der Büffel, „Wieso bist du immer noch da und- ja, ich habe vergessen zu sagen..."

Aus der Dusche klangen scharrende Geräusche.

„Wer?", gezielt ging der Büffel darauf zu. „Was zum Henker machst du hier? Und wieso bist du nicht oben? Und wieso bist du so klatschnass? Und was klebt da an deinem Kopf? Luftpolsterfolie?"

Das Stachelschwein ergriff das Wort, bevor Sam etwas sagen konnte: „Ja, äh, die Dusche, ähm, die Dusche ging an, also, das Wiesel kam beim Fliesenlegen aus Versehen an die Armatur!",

„Der Flaschner hat das Wasser schon angeschlossen?", fragte der Büffel und betätigte verblüfft die vergoldeten Armaturen an den Waschbecken. „So was, die sind sonst doch nicht so schnell!"

Zur Erleichterung seiner Mitarbeiter schoss wie auf Befehl ein dicker Strahl Wasser aus dem Hahn.

„Trockne dich erst mal ab, Wiesel, es ist ja schön, dass du so fleißig bist, aber eine Lungenentzündung wollen wir ja nun auch nicht riskieren!", grinste er, „Achja, und weshalb ich gekommen bin – ich wollte fragen, ob die Fliesen auch wirklich reichen? Sie kosten ein Vermögen und sie sind sehr eng kalkuliert. Du darfst auf keinen Fall welche runterschmeißen, die kommen aus Italien. Genau wie die beiden Marmorstatuen draußen. Die Italiener streiken da seit Wochen und außerdem würde das die Kalkulation vollständig sprengen und-", er hielt inne und starrte das Wiesel an, das fleißig weiter Fliesen an die Wand klebte, „hörst du, was ich gesagt habe, Wiesel?"

„Ja, Chef, nichts kaputtmachen, eh klar!", antwortete dieses, ohne sich umzudrehen.

„Ich würde zu gerne sehen, was sich unter der Folie verbirgt", sinnierte Don Pax beim Hinausgehen und zeichnete mit seinen behaarten Vorderhufen in der Luft die Silhouette einer Marylin Monroe nach.

Die Schlafgemächer befanden sich im oberen Stockwerk. Außer einem riesenhaften leeren Raum, den Trockenbauwände nach scheinbar willkürlichem Muster eingrenzten, war hier noch nichts zu sehen. Auffallend war einzig die gläserne Kuppel, die annähernd das gesamte Dach bildete. Hier oben war der Zuständigkeitsbereich des Chamäleons und seines Gehilfen, des Huhnes.

„Sssssag mal, du Huhn", sprach das Chamäleon seinen Kollegen an, welcher auf der obersten Sprosse einer neunstufigen Bockleiter balancierte, um die Begrenzungen der Streichputztechnik, die das Chamäleon auftragen sollte, mit Malertesa abzukleben. „Findesssst du essss eigentlich cool, immer nur abzzzzukleben?"

„Wie meinst du das?", piepte das Huhn von oben herunter.

„Naja, um essss mal offen zu ssssagen. du bissst hier ja nur der Hiwi, alsssso versteh mich bitte nicht falsch, abkleben issst im Malerhandwerk ein ssssehr wichtigessss Moment, wenn nicht ordentlich abgeklebt wurde, entstehen unschöne Kanten und alles wird vollgekleckert, und sssso, aber dasss Abkleben ssselbst issst ja jetzt nicht ssso die anspruchssssvolle Tätigkeit, wenn du weißssst, wasss ich meine..."

„Nein?", das Huhn ließ sich nicht provozieren. Geduldig klebte es einen Streifen nach dem anderen an die entsprechenden Stellen.

„Nun...Huhn...hast du denn nichtsss Bessseresss zu tun? Alsssso zum Beispiel wasss anderesss arbeiten, meine ich...?"

„Wie meinst du das?"

„Naja, du bissst ja ein Huhn und du hasst viele kleine Küken, bissst ja auch eine Mama, sssozssssusagen...!", das Chamäleon gab nicht auf, „Wieviel sssind esss noch gleich? Deine kleinen einsssamen Schätzelein daheim?"

Das Huhn arbeitete weiter, einzig seine fahrige gewordenen Bewegungen verrieten seine Unruhe.

Es schwieg.

„HUHN! Ich habe dich wasss gefragt!", das Chamäleon begann an der Leiter zu wackeln.

„Hör auf damit!", rief die so Bedrängte von oben, „ich fall ja runter!"

„Alssso? Wieviele kleine Kükenschätzchen warten daheim, dasss Mama endlich von der Leiter klettert und ihnen ein Würmchen zum Abendesssen ssserviert, kalt, denn Mama kann ja nicht kochen und gleichzssseitig sso wichtige Arbeiten wie abkleben erledigen, nicht wahr?"

Das Chamäleon beobachtete genau die Reaktionen des Huhnes. Da dieses offensichtlich härter im Nehmen war, als sein schuppiger Kollege vermutet hatte, fuhr der jetzt schwerere Geschütze auf:

„Ssssag mal, Huhn", es legte eine Kunstpause ein, „hassst du eigentlich keinen Hahn daheim?" Wieder eine Pause und wiederum die Hoffnung auf eine entsprechende Reaktion. „Du weißt schon, was dasss issst? Ein Hahn?" Ohne ernsthafte auf eine Antwort zu warten, fuhr das Chamäleon fort, „Dasss issst ein Kerl! Einer der dem Huhn, in diesssem Falle bist du dasss, die Küken anhängt und dann auf der Baustelle schuften geht, während ssich die Henne daheim um Aufzzzucht der kleinen Bälger und vor allem dasss Wohlergehen desss Kindsssvaterss zu kümmern hat!"

Keine Reaktion.

„Ah, ich weisss, er hat dich sssitzzen lasssen!", triumphierte das Chamäleon, „Und nun musssst du die Kohle ranschaffen! Och, du Arme!" In gespieltem Entsetzen rollte es seine Augen im Kreise, eines rechtsherum, eines links.

„Was geht dich mein Privatleben an?", das Huhn verlor nun doch die Fassung, „Du hast keine Ahnung!", schluchzte es.

„Nana, wer wird denn gleich heulen?", hämte das Chamäleon dem Huhn hinterher, das nun halb flatternd, halb hüpfend von der Leiter von der Leiter stürzte und ins Untergeschoss flüchtete.

Beinahe rannte es den Büffel um.

„Nanu, was ist denn in die gefahren?

„Keine Ahnung, wir haben nur ein bisschen privat geplaudert -"

Trompe-l'œil

Das Chamäleon machte sich geschäftig an den Streichputzeimern zu schaffen.

„Privat geplaudert? Du sagst doch nicht die Wahrheit! Was war hier los?", der Ton des Büffels wurde ungeduldiger.

„Die versteht halt keinen Spaß, Chef!"

„Worin bestand der Spaß denn?"

Das Chamäleon öffnete einen der 25kg schweren Eimer mit dem rosefarbenen Streichputz darin, starrte demonstrativ auf die Farbe und sagte: „Schau mal, die haben schon eingefärbt- war dasss ssso bestellt?"

Der Büffel ließ sich nicht ablenken: „Was für ein Spaß, Chamäleon?" Er nahm den rosa verschmierten Deckel und legte ihn zurück auf den Eimer. „Was für ein Spaß?", wiederholte er und fixierte seinen Untergebenen mit seinen winzig kleinen, klugen Augen.

„Na, war ja nicht ernssst gemeint, Chef!", versuchte sich das Chamäleon herauszureden.

„Also?"

„Ich hab halt nach dem Hahn gefragt", maulte das Chamäleon und wandte sich ab, um weiterzuarbeiten. Der Büffel hielt es am Schwanz fest.

„Nach dem Hahn? Ihrem Mann?"

Der Gefragte zuckte die Achseln, „Ja und, issst dasss etwa verboten?"

„Nun, du weißt ja sicher, dass ihrem Mann, dem Hahn, gesetzlich verboten wurde, öfter als nur einmal am Tag zu krähen."

„Und?"

„Und nun kräht er nur noch einmal am Tag, morgens, soviel ich weiß!"

„Und?"

„Wie und? Du hast das Einfühlungsvermögen eines Mähdreschers, mein Lieber! Dass der Hahn nur noch einmal krähen darf, bedeutet für ihn arbeitslos zu sein. In seinem Falle ‚Hartz Vier´ und in seinem Alter auch keinerlei Aussicht auf einen anderen Job. Somit verdient das Huhn das Geld, um die Familie, die haben übrigens neun entzückende Küken, durchzubringen!" Der Büffel musterte seinen Arbeiter intensiv. „Ich hoffe, du hast dich da nicht in die Nesseln gesetzt! Ich möchte von dir keinerlei frauenfeindliche Äußerungen hören, das weißt du genau!"

Das Chamäleon wandt sich unter den Blicken seines Chefs.

„Ich beobachte dich, also benimm dich anständig!", sagte Don Pax, „Und jetzt geh endlich den Putz auftragen, keiner kann das so gut wie du – und", fügte er hinzu, „keiner klebt so gut ab, wie das Huhn, also vertragt euch!" Er schlug ihm auf die Schulter, was das Chamäleon in die Knie zwang. „Wir haben uns verstanden, oder?" Damit verließ der Büffel den Raum.

Das Huhn rannte die Treppe hinunter ins Badezimmer.

„So ein Idiot, so ein Schafskopf, so ein schielendes Ungeheuer!", schimpfte es unentwegt und sah sich nach dem Wiesel um, dem Kollegen, dem es am nächsten stand.

Das Wiesel balancierte auf einem fahrbaren Gerüst, hatte mehrere Kartons Fliesen, Eimer mit Klebstoff, Zahnspachtel und diverses Equipment mehr neben sich stehen und klebte in einem ausgeklügelten System ein kompliziertes Muster an die Wand. Dabei pfiff es fröhlich den Song, den ihm sein MP3 Player lautstark ins Ohr sang.

Das Huhn kam näher. „Dieses Monster, dieser schuppige Schiellappen da oben im Schlafzimmer..."

Jetzt erst bemerkte es, dass der Angesprochene seine Ankunft gar nicht registriert hatte. „He, Mann, schläfst du, oder was?"

Das Huhn, und hier muss man ihm seinen derzeitigen Zustand zugute halten, tat nun etwas, das es normalerweise nie getan hätte und das es nie und nimmer hätte tun dürfen, doch unter diesen erschwerten Bedingungen tat sogar das sonst so besonnene Huhn etwas Unbesonnenes:

Es rüttelte am fahrbaren Gerüst, auf dem, völlig ahnungslos und natürlich, ohne die Feststellbremse betätigt zu haben, also auch Fahrlässigkeit von dieser Seite, es rüttelte so heftig und unvermittelt, dass das Wiesel zwei Meter in die Tiefe gestürzt wäre und es somit Gefahr gelaufen wäre, sich alle vier Beine, ja sogar das Genick zu brechen, oder gar beides, hätte es sich nicht gerade in der Mitte der Plattform aufgehalten und krachte nun stattdessen unsanft auf den harten Dielenboden der oberen Gerüstlage.

So - jedoch es Glück um Unglück zu nennen wäre die reine Ironie - stürzten nur die am Rande des Gerüstes vom Wiesel sorgsam aufgestapelten Fliesen, wieder kann man ihm eine Mitschuld nicht verwehren, stürzten also die letzten zwei Quadratmeter der teuren italienischen, nicht wiederzubeschaffenden Kostbarkeiten zu Boden, ja, in Zeitlupe rutschten sie eine nach der anderen ins Verderben, um 200 Zentimeter weiter unten aufzuschlagen, 200 endlose Zentimeter, die sie ihre Unversehrtheit und somit ihr teures Leben kosteten.

„Bull-shit!", schrie das Stachelschwein aus vollem Herzen, es hatte offenbar eine Gabe, immer dort aufzukreuzen, wo gerade etwas Ungewöhnliches geschah.

„Bull-shit!"

Das Huhn sprang entsetzt zurück, beinahe wäre es von den herabstürzenden Keramiken getroffen worden. Das Wiesel, inspiriert von halluzigenen Substanzen, betäubt von dem Lärm in seinem Ohr, desorientiert wegen seiner plötzlich liegenden Lage auf dem Gerüst, grinste schief auf das Stachelschwein hinunter.

„Flash?", fragte es das Schwein, blöde grinsend mit glasigen Augen.

Erst jetzt roch das Stachelschwein den süßlichen eindeutigen Geruch, der in der Luft lag.

„Alter Kiffer...", schmunzelte es und schüttelte den Kopf.

„Erdbeben?", lallte das Wiesel.

„Sozusagen", antwortete das Schwein, „nur viel, viel schlimmer!"

„Weia, weia weia, das ging auf die Eia!", reimte das Wiesel. Es lag bäuchlings auf dem Gerüst, hatte seine Schnauze vorsichtig über den Rand geschoben und schien aufgrund der Bescherung sehr schnell wieder klar im Kopf zu sein.

„Und jetzt?", das Huhn zitterte am ganzen Körper, zu seiner aufgewühlten Gemütslage kam nun auch noch der Schock hinzu. „Oh Gottohgottohgottohgott", jammerte es, trippelte nervös von einem Bein aufs andere, hin und her und vor und zurück, hin und her und vor und zurück, als übe es einen komplizierten Tanzschritt im Schnelldurchlauf. „Ohgottohgott..."

„Jaja, wissen wir schon", unterbrach das Stachelschwein die Litanei, „Jetzt halt mal deinen Schnabel, Huhn!" Als einziger schien es noch in der Lage zu sein planvoll vorzugehen. „Die erste und sehr wichtige Frage lautet: Wo ist der Chef?"

Bei der Erwähnung des Büffels fing das Huhn auch noch an wild mit seinen Flügeln zu schlagen.

„Huhn!", schrie das Stachelschwein und griff es am Kragen, so dass dieses nun seinen Schattentanz in der Luft aufführte.

„Hör sofort auf damit, oder ich sag dem Chef, was du angerichtet hast!"

Schlagartig hörte das Huhn auf zu zappeln. Dafür lamentierte es nun umso lauter.

„Ohgottohgott..mhmpf..."

In einer flinken Drehbewegung hatte das Schwein ihm den Schnabel mit Malertesa zugebunden.

„Also, wo ist der Chef?", wiederholte es seine Frage.

„Mhmmmpf..."

„Wirst du aufhören rumzukreischen?"

Das Huhn nickte. Das Schwein ließ es fallen und hastig riss sich die Henne das Klebeband vom Schnabel.

„Is vorhin weggefahren!", schluchzte es.

„Don Pax?"

„Ja, mit dem Hängebauchschwein, die wollten, glaube ich, einen neuen Schlauch besorgen",

„Gut, das kann eine Weile dauern. Dann lasst uns jetzt gemeinsam überlegen, was wir tun können!"

„Wiesel! Du trommelst schnell alle zusammen, sag ihnen, ihr Leben steht auf dem Spiel!"

„Auch das Emu?"

„Alle, habe ich gesagt! Auch das Emu! Mir egal, ob es gestört werden darf oder nicht, das hier ist ein echter Notfall!"

Minuten später waren alle versammelt.

„Ich hoffe für euch, dass dies wirklich wichtig ist!", echauffierte sich Zogu. Sein Gefieder hatte die vielfältige Farbigkeit einer Palette angenommen, hinter seinen Ohren ragten zwei lange, dünne Pinsel hervor und im Schnabel trug er seine Zigarettenspitze, in der nach wie vor das nicht angezündete zerdrückte Zigarillo steckte.

Das Chamäleon drückte sich im Türrahmen herum und vermied den Blickkontakt zum Huhn.

Sogar eine Handvoll Wanderameisen war noch vor Ort gewesen, und diese hatten bereits begonnen, die zerbrochenen Steingutfliesen in leere Eimer zu füllen.

Das Stachelschwein hatte die Führung übernommen: „Ich muss euch ja nicht sagen, dass dies die größte anzunehmende Katastrophe ist, die hier passieren konnte!" Es fixierte einen nach dem anderen, um sich deren ganzer Aufmerksamkeit sicher zu sein. „Wir haben hier noch zwei Quadratmeter ungefliese Wand und die Keramik liegt uns in tausend Scherben zu Füßen. Ersatz gibt es definitiv keinen!" Es machte eine Kunstpause, „Was schlagt ihr also vor?"

Das Huhn begann wieder mit seinen Tanzschritten, doch ein Blick des Stachelschweines genügte, um es ruhig zu stellen.

„Scherben bringen Glück!", feixte das Emu, „warum habt ihr ...?"

Weiter kam Zogu nicht, weil ihm das Wiesel an den Hals gesprungen war. „Ich zeig dir gleich Glück, du arrogantes Drecksvieh!"

„Hört sofort auf damit!", zeterte das Stachelschwein, „so kommen wir nicht weiter! - Wiesel, lass ihn los- oder...!"

Widerwillig sprang das Wiesel zurück auf das Gerüst. Alle schwiegen betreten.

„Alssso, wie dasss Emu richtig erkannt hat, haben wir einen Haufen Scherben. Glück jedoch nicht!", murmelte das Chamäleon unter dem Türrahmen hervor. „Wieso kleben wir nicht einfach die Scherben an die Wand?"

„Die Scherben?", fragte das Schwein, „Hast du jetzt deinen Verstand verloren, oder was?"

„Nein, Mann -", versuchte das Chamäleon zu erwidern, doch das Huhn war schneller: „Ja, Mann! Die Scherben! Kapiert ihr das nicht?" Es warf dem Chamäleon einen wissenden Blick zu.

Die anderen Tiere schauten sich unsicher an.

Trompe-l'œil

„Ihr setzt die Scherben einfach wieder zusammen!", feixte das Chamäleon.

„Ja, genau!", rief das Huhn, „Ihr macht einfach ein Scherbenbild!"

„Ein Scherbenbild, pfff, was für Dilettanten!", das Emu warf den Kopf zurück, „Das heißt nicht Scherbenbild, ihr Schlaumeier, das heißt Mo-sa-ik!"

„Ja, ein Mosaik!", riefen das Huhn und das Chamäleon aus einem Mund.

„Ein Mosaik?"

„Ein Mosaik!"

Don Pax und Quichotte prüften gerade die Qualität und den Durchmesser der verschiedenen Schläuche im Baumarkt, als das Handy des Büffels läutete.

„Don Pax, das Tierische Team, was kann ich für Sie tun?"

„Nun, hier spricht das Sekretariat von Brooklyn Lafayette Bridgette, Managerin, Moment ich verbinde Sie mit Frau Bridgette!"

„Ja, hallo, spreche ich mit dem Chef persönlich?", eine tiefe rauchige Stimme drang aus dem Telefon.

„Ja, Sie sprechen mit Don Pax. Ich bin der Chef. Worum gehts denn?" Der Büffel stieß seinem Capo in die Seite, um ihn auf das Telefonat aufmerksam zu machen und stellte den Lautsprecher ein.

„Die Bridgette- das Walross- Managerin von der Libelle!", flüsterte er seinem Capo zu.

„Achja, wissen Sie neulich war ich in diesem neuen Haus von Cheyenne Sundance-", schwärmte die Stimme.

„Cheyenne Sundance, der Libelle?"

„Ja, sagte ich doch bereits, und ich war so hingerissen, was Sie daraus gemacht haben, also ich kann Ihnen sagen, das war soooo schön!"

Ihre Stimme wurde eine Oktave höher.

„Ja?", fragte der Büffel, „Und was kann ich nun für Sie tun?"

„Nun, ganz einfach, ich habe da ein Häuschen erstanden, müssen Sie wissen. Es ist bescheiden, ungefähr doppelt so groß wie das von Cheyenne, also nicht der Rede wert..."

Sie holte Atem und wartete auf eine Reaktion des Büffels.

„Ja?", fragte dieser nur.

„Ja", antwortete das Walross irritiert. „Und es muss noch schöner werden, als das von Cheyenne, Sie verstehen, was ich meine?"

„Mit Wandmalereien, Lasurtechniken, und allem was dazugehört?" Der Büffel wurde aufmerksam, roch den Auftrag seines Lebens.

„Ja, selbstverständlich, mit allem und, hihi,- am Geld soll es nicht scheitern!", sie kicherte voller Vorfreude glucksend ins Telefon.

„Ja, das klingt ja sehr schön, also ja, da können wir uns bestimmt handelseinig werden", begann Don Pax.

„Ja, davon gehe ich auch aus", sagte sie, „doch ich habe noch eine kleine Bedingung, bevor Sie loslegen können!"

„Und die wäre?"

„Nun, es ist nichts Besonderes, eher eine klitzekleine Kleinigkeit. Eine Selbstverständlichkeit, sozusagen!"

„Und die wäre?"

„Sie werden mich auslachen, aber...!"

„Nein, ich lache Sie nicht aus. Welche Kleinigkeit meinen Sie denn?"

„Also... ich möchte unbedingt einen Kerl auf meiner Baustelle!"

„Wie meinen Sie das? Einen Kerl?"

„Nun, ihr Mitarbeiter muss männlich sein, ein echter Kerl, eben!"

„Ääähh", Don Pax stutzte, „wie jetzt? Männlich?"

Das Hängebauchschwein verfolgte amüsiert die Unterhaltung mit und begann rhythmisch sein Becken vor und zurück zu bewegen.

„Naja, Sie wissen schon", gurrte die Bridgette, „diese ganze dämliche Diskussion in den Medien mit der Frauenquote, von wegen, Frauen auf dem Bau und so, da muss ich ja lachen!" Und sie tat es laut und schrill, „Aber", nahm sie den Faden wieder auf, „Sie haben ja ein richtiges Team, ein richtiges Handwerkerteam, da sind ja dann sowieso keine weiblichen Angestellten dabei, nicht wahr?"

„Ääääh", der Büffel rang nach Worten, „nun, wieso brauchen Sie denn einen männlichen Mitarbeiter?"

Das Hängebauchschwein leckte hingebungsvoll das schwarze Schlauchstück ab, welches es in den Pfoten hielt. „Mhhmmm, Bussi, Bussi, Bussi...", grinste es, während sein Speichel am Schlauch hinab rann.

„Sie nehmen mich auf den Arm", raunte das Walross, offensichtlich hatte es etwas mitbekommen, „Sie kleiner Scherzkeks!"

Don Pax machte seinem Capo Zeichen aufzuhören, hielt sich das freie Ohr zu und lief ein paar Schritte außer Hörweite.

„Nein, nein, nein, durchaus nicht", besänftigte der Büffel, „ich... äh..."

„Ja, und dann muss er natürlich, aber davon gehe ich einfach mal aus, haha", gackerte sie, „dann muss er natürlich Trompe-l'œil beherrschen und ein Fachmann für Fliesen sein und diese besondere Dingsda, was die Cheyenne im Schlafzimmer hat, wissen Sie?"

„Wischtechnik?"

„Ja, genau! Und achten Sie bitte darauf, dass, naja, er sollte nicht zu alt und nicht zu jung sein",

„Nicht zu alt und nicht zu jung...", wiederholte Don Pax, als notiere er sich die Anforderungen der Managerin.

Das Hängebauchschwein riss sein Maul auf, verdrehte seine Augen und ließ ekstatisch seine riesige Zunge, die einen ungesunden braunen Belag hatte, wahrscheinlich vom Schwarzbier, hin und her schnalzen.

„Ja und dann wäre es auch noch schön-!"

„-wenn er". mischte sich der Büffel ein, „möglicherweise katholisch wäre? Oder neuapostolisch?"

„Ja, Sie haben mich verstanden!", triumphierte sie, „Ein Katholik wäre ganz in meinem Sinne und optisch", ihre Stimme wurde verträumt, „sollte er schon auch was hermachen, ein Italiener wäre schön!"

„Ja, schon klar, soviel habe ich verstanden, und", fuhr Don Pax fort, „ich nehme an, er sollte sportlich sein, nicht rauchen, nicht trinken, keine Drogen nehmen und vielleicht hätten Sie gerne noch jemanden, der seine Steuererklärung immer pünktlich abgibt und-"

„-und jemand, der nicht vorbestraft ist....also keine Punkte in Flensburg", fuhr sie erleichtert fort, „natürlich muss er auch gut organisieren können, mit den anderen Baufirmen vor Ort verhandeln können, also braucht er den Überblick, hihi, also diplomatisch sollte er schon sein, wissen Sie der Architekt kann ziemlich schwierig sein und schön wäre auch noch Abitur!"

„Abitur?"

„Ja, einen höheren Bildungsabschluss, eben, man will ja nicht Hinz und Kunz bei sich zu Hause, nicht wahr, haha?", grunzte sie, „Ach, wie ich sehe, verstehen wir uns blendend! Nichts anderes hatte ich erwartet! Aber bei einem Auftragswert in diesem enormen Umfang kann man doch auch schon die ein oder andere bescheidene Forderung stellen, nicht wahr, Herr Büffel?"

Das Hängebauchschwein war seinem Chef gefolgt und nickte wie wild zustimmend mit seinem großen Keilerschädel. Dabei flogen kleine weiße Schaumfetzen durch die Luft. Don Pax sprang außer Reichweite.

„Ferkel", formulierte er in Richtung seines Capos. "Äääh, ja, aber.....!"

„Nichts, aber, mein Lieber, nichts aber! Zusammenfassend möchte ich nur sagen: am Wichtigsten ist mir doch, dass ihr Mitarbeiter männlich ist. Nicht, dass sie die anderen kleinen Selbstverständlichkeiten außer Acht lassen dürfen, nein, aber nur richtige Männer können sowas wie Fliesenlegen und Eimerschleppen!" Sie legte eine kleine Pause ein. „Also, Herr Büffel, wie sollen wir denn nun verbleiben?" Sie wartete seine Antwort nicht ab. „Schicken Sie mir ihren Mitarbeiter am besten zum ersten des nächsten Monats. Bis zum 15. müsste ja dann alles fertig sein, nicht wahr, Herr Büffel?"

„Wir melden uns, Frau Bridgette", sagte der Büffel und legte auf. Fassunglos starrte er Quichotte an.

Mittlerweile lehnte das Hängebauchschwein völlig gelassen zwischen Gartenharken und Spaten, schwang den schwarzen Schlauch wie ein Lasso durch die Luft und sagte: „Was du brauchst, Cheffe, ey", und er prustete wiehernd los, „ey, das gibts gar nicht!"

Am nächsten Tag, es war kurz vor der Mittagspause, um genau zu sein 11 Uhr 48 Minuten und 11 Sekunden, traf Don Pax auf der Baustelle ein. Heute sollte die Libelle zur Bauabnahme erscheinen und er musste seine Arbeiter über den Auftrag des Walrosses aufklären.

„Ey! Ruf alle zusammen, Stachelschwein!", beauftragte das Hängebauchschwein seine rechte Hand, „Cheffe ist da und hat was zu sagen!"

Um Punkt zwölf Uhr waren alle im Vesperraum versammelt. Sie saßen an einem langen Tapeziertisch und schauten erwartungsvoll Don Pax an, der sich am Kopfende positioniert hatte.

„Die Situation ist folgende", begann der Büffel, wie ein Redner im Parlament hatte er seinen Oberkörper leicht vorgebeugt und stützte sich mit den Vorderhufen auf dem Tapeziertisch ab. „Quichotte meinte, bis heute gegen 15 Uhr werden sämtliche Arbeiten hier fertig gestellt sein?"

„14 Uhr 56 Minuten und 13 Sekunden, ey", unterbrach dieser seinen Chef.

„Ja, gut, von mir aus auch 14 Uhr 56 Minuten und-"

„13 Sekunden, Chef!", half das Stachelschwein aus.

„Mhm. Also, um zum Thema zu kommen: Die Libelle wird da sein und der Architekt und die Bridgette, das Walross. Das ist die Managerin von der Cheryblossom. Ich nehme an, alles ist perfekt und aufgeräumt und genauso, wie es gewünscht wurde? Ich möchte keinerlei Überraschungen erleben!" Er schaute eindringlich in die Runde, „Oder gibt es etwas, was ich vorher wissen müsste?"

Alle schwiegen. Das Wiesel betrachtete ausgiebig seine Pfoten, das Emu starrte unbeteiligt zu dem kleinen vergitterten Fenster heraus, die einzige Lichtquelle im Raum, und das Chamäleon wiegte bedächtig seinen schuppigen Schädel hin und her. Nur dem Huhn standen Schweißperlen auf der Stirn und es zappelte mit den Beinen. Ein Seitenblick des Stachelschweins ließ es jedoch sofort inne halten.

„Also hier alles paletti?", fragte Don Pax, „Sehr gut, sehr gut, bin gespannt auf die Besichtigung- und nun-", er holte tief Luft, „zu unserem neuen Auftrag". Er erläuterte mit Hilfe des Hängebauchschweins, das mit diversen Schaueinlagen die Geschichte würzte, die Problematik der neuen Kundschaft.

„Abitur? Flensburg? Katholik? Echter Kerl?" Das Stachelschwein stellte seine Stacheln auf.

„Organisator, Ansprechpartner, sportlich, nicht rauchen!", fiel ihm das Emu ins Wort.

„Genau, und keine Drogen, ey, und, und, und, und, ...!", feixte Quichotte.

„Und: das Wichtigste: ein Spezialist in sämtlichen anfallenden Arbeiten!", beendete Don Pax die Aufzählung.

„Eine echte One Man Show, also, ey", griente das Hängebauchschwein.

„Ich seh schon, unser Capo sieht sich als die geeignete Person an", feixte das Emu, „peinlich nur, Quichotte, dass du ein Säufer bist und keine Ahnung hast von Wischtechniken, geschweige denn Malereien, dass du weder sportlich bist, noch mit Leuten umgehen kannst, von einer geordneten Steuererklärung bist du soweit entfernt wie ein Pinguin von der Arktis und was ein Abitur ist, haben sie dir in den ersten zwei Klassen, die du besucht hast, bis sie dich rauswarfen, nie erzählt!"

Zogu begann die Sache Spaß zu machen.

„Davon mal abgesehen, dass man für eine Baustelle diesen Ausmaßes mindestens sechs bis sieben Leute braucht", piepte das Huhn leise.

„Aber du!", giftete Quichotte zurück, „mit deinen hundert Farbtuben! Du hast keine Ahnung vom Trockenbau, ey! Hältst einen Aluständer für ein geriatrisches Hilfsmittel und wenn du eine Blechzange in die Hand bekommst, um Schienen zu zu schneiden, ey, dann muss man Angst um deine Eier haben!"

Die beiden funkelten sich wütend an.

„Ruhe!", brüllte der Büffel, „Ihr haltet jetzt die Klappe und dann wird beratschlagt, was zu tun ist! Keiner kommt hier raus, bevor wir nicht eine Lösung gefunden haben- eine Lösung, mit der alle leben können!"

„Nein, wie herrlich!", die Libelle war außer sich vor Entzücken, „Nein, wie schön! Don Pax, sehen Sie nur! Ich bin so so so zufrieden und so so so glücklich!"

Sie küsste den Büffel spontan auf den Mund. Dieser errötete und wusste nicht, was er sagen sollte.

„Diese herrlichen Malereien, ich fühle mich wie im Süden! Jetzt habe ich Blick aufs Meer, nein, und dann diese Steinbrüstung und diese Säulen gemalt, aber doch so so so echt! Sie haben echte Künstler in ihrem Team! Ach und diese Perspektive, nein, wie herrlich..."

Sie schwebte vom Pool hinauf in den ersten Stock. Don Pax, der Architekt und das Walross folgten ihr im Gänsemarsch.

„Seht euch das an, Leute! Diese mediterranen Farben- wie nennt man das doch gleich, Büffelchen?"

„Das ist eine Wischtechnik auf Streichputz, Frau Cheryblossom", erklärte der Büffel, doch die Libelle war schon wieder fort, „Ach, ich bin so so so gespannt auf das Badezimmer!", rief sie im Weiterschweben, „Kommen Sie, folgen Sie mir!"

Neben dem Whirlpool standen die beiden nackten Schönen. Ihr Haar war leicht gewellt und etwas länger, wie es eben die jungen Männer zu dieser Zeit trugen. Der eine hielt Trauben in der geöffneten Hand, der andere eine Taube. Ihre Lenden bedeckte ein fließendes Tuch.

„Mhm, schaut euch diese Kerls an, Leute, Leute!", schwärmte die Libelle und das Walross trat näher an die Statuen heran, um jede Einzelheit genau studieren zu können.

„In der Tat, sehr lecker, sehr lecker", sinnierte es.

„So, und nun der Duschbereich!", freute sich die Libelle, „Nein!", schrie sie auf, „Nein!", und hielt sich beide Flügel vors Gesicht.

Don Pax erschrak fürchterlich. War hier was schief gelaufen? Hatte man ihm etwas Wichtiges verheimlicht?

„Nein! Wie kann das sein?", die Libelle war vollkommen außer sich, „Nein, das darf doch nicht wahr sein!"

„Aber-", begann Don Pax, doch er verstummte sofort wieder, als er sah, was die Libelle entdeckt hatte: Das Herzstück der gefliesten Wand bildete das farblich perfekt abgestimmte Konterfei einer Libelle, die der Dame des Hauses die Illusion gab, beim Duschen in eine verspiegelte Fläche zu schauen. Glitzernde Flügel, schillernde Grüntöne und auch in der Größe ideal getroffen, war das Mosaik ein wahres Meisterwerk geworden.

„Welch eine wunder-wunderschöne Überraschung!", rief die Libelle aus, und betastete das Werk, „Und wie genau ich getroffen bin!" Erneut flatterte sie auf Don Pax zu und drückte ihm einen dicken Kuss auf die Schnauze. „Es ist so wunder-wunder-wunderschön! Danke, danke, danke! Ach, wie herrlich!", schwärmte sie.

Es war der erste August, morgens um genau 7 Uhr 00, als es an der Tür des Walrosses läutete.

„Bist du die Bridgette, ey?"

„Sie wünschen?", fragte das Walross ungehalten.

Vor ihr stand das Hängebauchschwein. „Nun, ich bin die One-Man-Show, also ey, ich meine, ich bin der Maler".

„Der Maler vom Tierischen Team?"

„Ja, genau der, ey!"

„Nun, äh, Sie sehen äh, nun, wie will ich sagen-"

„Nicht so sportlich aus? Ich bin der Spezialist, der die Wände stellt! Gestatten? Don Quichotte, der Trockenbauspezialist, ey", er hielt ihr eine bierverklebte Pfote hin.

„Aber-"

Hinter dem Hängebauchschwein trat das Stachelschwein hervor.

„Ich bin Frau Aurora Stachelschwein, aber alle sagen nur Stachelschwein zu mir. Ich kann gut organisieren, habe einen Diplomatie-

und einen Kurs in Krisenbewältigung gemacht und bin der Ansprechpartner für Ihren schwierigen Architekten."

Das Emu trat hinter dem Stachelschwein hervor.

„Zogu, Emu. Trompe-l'œil, mediterran, subtropisch, arktisch und albanisch. In- and Outdoor Malereien, solange es veganes Futter gibt!"

Das Huhn schob das Emu beiseite, bevor dieses noch etwas Falsches sagen konnte.

„Das Emu ist Katholik, wollte ich noch sagen, ich selbst bin Atheist, gehe nur an Weihnachten in die Kirche, der Tradition wegen und weil meine Küken es so wollen. Ich bin mit ihm hier zusammen", und es zerrte das Chamäleon vor, „wir sind das Dreamteam für Putze und Lasurtechniken. Und, achja, ich selbst habe keinen Führerschein, aber das Chamäleon hier ist noch nie zu schnell gefahren, und wegen des Abiturs-"

„Dasss Huhn issst weiblich, hat Abitur, issst die Frau vom Bau, auf die man nicht verzzzichten kann", mischte sich das Chamäleon ein.

„Und ich mach die Fliesen an die Wand - von Hand", reimte das Wiesel, „und dann sind da noch die Wanderameisen, zuständig für alles mögliche und die Blattschneideameisen, die können Mosaik."

„Wir alle hier sind das Tierische Team, Frau Bridgette und entweder Sie nehmen uns alle, was bedeuten würde, dass alle Ihre Wünsche in Erfüllung gehen, bis auf einen, oder-", sagte Don Pax, der der letzte in der Reihe war und nun vorgetreten war, „oder-", er wies auf seine Mitarbeiter,

„-oder sie bekommen keinen von uns!", riefen die anderen im Chor.

Don Pax trat auf seine potentielle Auftraggeberin zu. Der Büffel mit seinen kleinen, klugen Augen und das Walross mit seinen langen falschen aufgeklebten Wimpern starrten sich minutenlang wortlos an.

„Entweder alle oder keinen!"

„Achja ey, wir ham keinen Italiener", unterbrach das Hängebauchschwein die plötzlich eingetretene Stille, „aber der da, der kann so sprechen wie die da unten." Er wies auf das Chamäleon: „Sag mal was, ey!"

Das Chamäleon trat zwei Schritte vor, stellte sich in Pose, als wolle es zwei Seiten Shakespeare reklamieren, wechselte dabei seine Farben beständig von grün nach orange und rot und wieder zu orange und grün, als wäre es eine Verkehrsampel mit Funktionsstörung. Alle warteten gespannt, was es sagen würde. Es züngelte dreimal kurz, um seine Lippen zu befeuchten, probte dabei seinen verführerischsten Augenaufschlag, holte tief Luft und intonierte schließlich gekünstelt: „Tschschschiao Bellissssima!" Er verbeugte sich tief.

Seine Malerkollegen spendeten ihm überschwänglich Beifall.

Das Walross starrte die bunte Truppe an.

„Das hier", flüsterte es, „ist eine Strafe Gottes!"

„Das sagt mein Chef auch immer, ey!", freute sich das Hängebauchschwein und winkte allen, an die Arbeit zu gehen.

Trompe-l'œil

Tiger, Baby

„Ein Würstchen ohne Brötchen", nannte sie mich, als sie mir den Rücken kehrte. Man stelle sich dies vor: „Ein Würstchen ohne Brötchen!"

Ein armes Würstchen meinte sie damit und wie immer hat sie recht. Ein Hanswurst, wie er im Buche steht. Warum hatte sie es dann fünf Jahre mit mir ausgehalten? Fünf lange Jahre war ich ihr als Würstchen gut genug. Ein Saitenwürstchen vielleicht, oder ein Nürnberger. Eine herzhafte Fleischwurst oder eine Currywurst. In den ganzen fünf Jahren sah ich mich nie auch nur annähernd als eine in künstlichen Darm gequetschte, zermahlene Kuh, doch heute, wenn ich mich so anschaue, muss ich sagen, die Frau hat ja so recht! Mein Spiegelbild zeigt die aschfahle Farbe einer ungewürzten Currywurst, meine Körperhaltung kommt der einer enthäuteten Weißwurst sehr nahe und meine Figur der einer überdimensionierten Saitenwurst. Eine von diesen ganz langen. Denen im Glas. Mit dem Unterschied, dass offensichtlich niemand Gefallen daran finden kann, in mich hineinzubeißen. Mich voller Vorfreude mit beiden Händen umklammert und nach Begutachtung meiner immerhin makellosen Fleischwursthaut erst anknabbert, dann, wenn der Appetit auf mehr geweckt wurde, mal hier und mal dort zärtlich annagt, um mich schließlich vollständig zu verschlingen. Dennoch bin ich nicht gewillt, den Wurstvergleich zu verinnerlichen. Schließlich bin ich Vegetarier.

„Aber du heißt doch Hans!", höre ich Annabell sagen, „also ist das mit dem Würstchen doch naheliegend!" Sie meinte damit, ich sei ein Hanswurst, das ist die bittere Wahrheit!

„Annabell", schleudere ich ihr in Gedanken entgegen, „ist auch nicht viel besser!"

Ich habe mich nie dazu hinreißen lassen, ihr das Bellen zu verbieten, obwohl sie es so lautstark konnte und es noch Tage später in meinen Ohren nachhallte. Lassen wir das.

Wenn ich so darüber nachdenke, haben wir vom ersten Tag an gestritten. Über ihr Brötchendasein und mein Würstchen. Heftige Wortgefechte, die anfangs wie Neckereien daherkamen, schwerelos wie Staubpartikel in der Luft, und sich jedoch nach und nach wie eine Schicht klebrigen Küchenfettes in uns ansammelte, sich in unseren Köpfen einnistete und dort hartnäckig festfraß. So wie diese Ablagerungen ganz oben auf den Küchenschränken, die unsere Großmütter einst blauäugig mit einem geblümten Streifen Papiers, festgenagelt mit einer Reißzwecke an jeder Ecke, bekämpften. Um diese Schicht zu entfernen, braucht es bekanntlich mehr als ein flauschig-plüschiges, farbenprächtiges Staubwedelchen, das man beim Discounter mal eben für einen Euro mitnehmen kann.

Und nun sitze ich also hier, Würstchen hin oder her, was soll ich sagen, es geht mir schlecht. Ich sitze hier auf dieser wunderschönen, sonnenbeschienenen warmen Holzbank mitten im ehemaligen Dorfkern dieses einst pittoresken Holzfällerfleckens, das sich vom Fällen der Bäume nicht mehr ernähren kann und sich aus diesem Grunde gänzlich dem Tourismus verschreiben möchte. Statt Kühe werden hier bald Touristenbusse durchs Dorf getrieben, vereinzelte Bauernhöfe kämpfen einen unfairen Kampf ums Überleben, doch die quadratischen Betonklötze, in denen fremde Menschen für zwei Wochen im Jahr leben sollen, und möglichst viel ihres in den restlichen 50 Wochen erworbenes Geld ausgeben, streben dem Himmel entgegen und Architekten mit Dollarglanz in den Augen findet man hier wahrscheinlich eher als Einheimische. Das Leben ist unfair. Nicht nur zu mir.

Ich jedoch bin einfach nur froh, weg zu sein. Fünfhundert Kilometer weg von Annabell, fünfhundert Meter weg von meiner Mama. Nein, ich bin kein Mamawürstchen, das sich nach Hause flüchtet, kaum ist eine Beziehung beendet, sozusagen mal schnell an Mamas Busen auftankt, bevor man sich ins nächste Abenteuer stürzt.

Meine Mutter passt hierher. Ich nicht. Davon mal abgesehen, dass sich zu meiner Mutter nach dieser Geschichte mit Karlo keiner freiwillig flüchten würde, der auch nur einen Funken Verstand im Kopf hat, doch da Annabell unser Konto gesperrt hat, meinen Koffer, vollgestopft mit meinen schönen längsgestreiften Hemden und den Socken, die Mama immer so liebevoll zusammengeflickt hat, hinten in meinen alten Variant warf und mir im gleichen Atemzug den Autoschlüssel an den Kopf, blieb mir kaum etwas anderes übrig, als bei Mamas bester Freundin unterzukommen. In einer winzigen Ferienwohnung voller blaukarierter Tischdecken, Vorhängen und Kissen. Ein rotes Schokoladenherz empfing mich liebevoll auf meiner, das heißt der linken Bettseite. Die andere, die rechte also, war - wahrscheinlich hatte Mama meiner Vermieterin mein schmähliches Schicksal in allen Einzelheiten geschildert- jedenfalls war die andere Bettseite pietätvoll nicht mit Kissen und Decke bestückt, doch, wer hätte das gedacht, stattdessen mit einer blauweiß karierten Tagesdecke.

Ach, Mama. Ach, Annabell.

Ich denke über das Leben nach. Und könnten meine Gedanken sich verstofflichen, so entstiegen meinem Kopf eine lange Reihe graugelber Giftwolken, gerade so als seien sie von einer fahrenden Dampflok empört in den Himmel gestoßen. Und da stehen sie nun, schön wohlgeordnet und eine neben der anderen, an einem strahlendblauen süddeutschen Himmel. So wie meine weißen Sportsocken, die Mama immer akkurat mit der Ferse in eine Richtung in meine Schublade legte. Nur dass es keine Tennisstrümpfe sind, diesmal. Es sind nichts weniger als anklagende Denkmäler meiner zerstörten Seele.

Ich denke über das Leben nach. Das Leben im Allgemeinen, mein Liebesleben im Besonderen. Warum bin ich es immer, der übrig bleibt? Der mit einem Koffer in der einen, dem Autoschlüssel in der anderen Hand alle fünf Jahre, mit rot verquollenen Augen bei Mama an der Türe läutet?

Es steigt gerade wieder so ein Wölkchen auf, eines, das Regen mit sich führt, als sie plötzlich neben mir sitzt. Ich habe sie nicht kommen sehen und bemühe mich, sie nicht anzustarren wie man beispielsweise Mona Lisa anstarren würde, säße sie plötzlich neben einem. Die Straßen um mich herum sind menschenleer, denn es ist Mittagszeit, Highnoon in Deutschland. Zeit dem Schwartenmagen zu Leibe zu rücken. Also hätte sie mir auffallen müssen.

Ich schiele möglichst unauffällig zu ihr hinüber und was ich sehe, ist nahezu unfassbar. Sie strahlt eine Schönheit aus, die meine Giftwölkchen in kleine weiße Schäfchenwölkchen verwandelt, rosa angehaucht, und mit einem von Amor gesandten Liebespfeil mitten durch sie hindurch. Ich räuspere mich sachte, um ein Gespräch anzufangen. Doch wie bitte spreche ich, Hans das Würstchen, eine mir unbekannte Schöne an, die zwar in Reichweite neben mir in der Mittagssonne sitzt, doch die keinerlei Anstalten macht, mich zu beachten. Ich starre auf meine vom Lehm verschmierten abgetragenen Sportschuhe und alles an mir scheint plötzlich alt, abgetragen, wenig gepflegt und wenig liebenswert zu sein.

Während mein Kopf starr geradeaus gerichtet ist, verdrehe ich meine Augen bis zur Schmerzgrenze in ihre Richtung. Mein Gott, was für eine Erscheinung! Schillernde Seifenblase meiner einsamen Nächte, Sehnsuchtsbild meiner dunkelgrauen Tage, wie schaffe ich es, dich mit nach Hause zu nehmen? In Gedanken zerre ich die blauweißkarierte Bettdecke beiseite, um Platz für ihren schlanken Körper zu schaffen, ich schüttele das Kissen auf, dass ihr wohlgeformter aristokratischer Kopf bequem liegen möge, ich reiche ihr dies und bringe ihr jenes, einzig bestrebt, diese engelsgleiche Erscheinung nie wieder aus meinem tristen Leben zu entlassen.

Ich werde zum Diener Ihrer Majestät, der Kaiserin, nein, was sage ich, der Gottheit. Shiva nenne ich sie insgeheim, denn sie sitzt nicht, sie thront. Und sie ist die Verheißung pur.

Ich atme tief ein, in den Bauch, so wie es mir Annabells Yogalehrerin beigebracht hat, „So als wärt ihr schwanger", pflegte sie zu sagen, wie sollte ich Hanswurst das also hinbekommen? Ich atme also tief ein, schließe wie Shiva die Augen, lasse den Atem durch meine leicht geöffneten Lippen wieder hinausgleiten und versuche einen klaren Gedanken zu fassen.

Plötzlich höre ich sie sagen: „Tiger, Baby!"

Ich zucke zusammen, als sei mir der Ischias in den Rücken gefahren. „Tiger, Baby?"

Das pflegte Annabell zu mir zu sagen, damals zu Beginn unserer Beziehung, als die Küchenschränke noch nicht fettverschmiert waren. Sie sagte: „Tiger, Baby!", und sie meinte es so. Sie schnurrte mich an, wenn ich zaghaft wie ein Pennäler an ihrem Ohrläppchen lutschte, sie jedoch meine Zunge an besser versteckten Stellen ihres Körpers spüren wollte. Tiger, Baby?

Mein Kopf dreht sich ruckartig in Richtung Shiva, als ich erkennen muss, dass ihr Platz leer ist. Wo ist sie hin? Und wann ist sie gegangen? Und was ist mit Tiger, Baby?

Träume ich? Bin ich im schmerzzerfressenen Liebesdelirium gefangen? Stottere ich, bar jeglichen Verstandes, von Selbstmitleid und Einsamkeit berauscht, Liebesworte in den von Bratenduft geschwängerten, blauweißen Himmel? Ja, belästige ich gar wildfremde Menschen damit?

Verunsichert schaue ich mich um. Nun ist in der Tat keine Menschenseele mehr da. Außer meiner. Shiva! Wo bist du?

Drei Sekunden lang bin ich gelähmt vor Schreck, die nächsten drei springe ich auf und spähe nach dem unverwechselbaren Glanz ihres dreifarbigen Haares, das mir ihre Anwesenheit verraten könnte, und wiederum drei Sekunden brauche ich, um loszuspurten.

Ich haste an einem kleinen Laden vorbei, dessen Schaufenster dem

Trompe-l'œil

Blick in die unaufgeräumte Spielzeugkiste meines bis vor kurzem potentiellen dreijährigen Neffen gleicht. Abgelegte Spielsachen ganzer Generationen scheinen sich hier zu versammeln, doch da Annabell meine Wunschvorstellung von diesem speziellen Neffen mit dem Wurf meines Autoschlüssels an meinen Kopf sehr abrupt beendete, gilt mein Focus ja nun Shiva, der Erscheinung. Meiner Erscheinung. Meinem ganz persönlichen Lourdes, wenn man so will.

„Tiger, Baby", säuselt eine Stimme aus dem Off und ich beschleunige meine Schritte.

Ich renne unbeholfenen Schrittes (Annabell pflegte zu sagen: Wenn du rennst, tue es bitte nicht in meiner Anwesenheit. Ich möchte nicht mit jemanden gesehen werden, dessen Kopf beim Rennen hin und her wackelt wie der des Dackels auf den Hutablagen der Daimlerfahrer, dessen Beine beim Laufen grotesk abgewinkelt sind gleich dem neugeborener Fohlen und dessen Laufschritt dem der Gier des T-Rex auf Nahrungssuche ähnelt) am Juwelier vorbei, stoße mit der gut beleibten Bäckersfrau zusammen, die gerade genüsslich vor dem Laden ihre Mittagszigarette raucht, werfe ein „Tschuldigung!" in die Luft, wie der Papst den Segen und hoffe damit alle zu treffen, die, die ich bereits angerempelt habe und die, die ich auf meiner Hatz noch umrennen werde. Vorauseilende Schuldigsprechung und Abbitte gleichermaßen. Ich habe die Wahl links zur ehemaligen Dorfmitte zu gelangen. Ein Schild weist mich auf den Tourismusverband hin und dahinter zur Kirche, deren Türen einladend offen stehen. Rechts schmiegt sich eine Kebabbude, aus der orientalische Musik strömt wie ein Gebirgsbach auf dem Weg ins Tal, an ein altes Hotel. Dieses wurde von einem findigen Werbefachmann zum Romantik und Wellnesstempel umbenannt und nun drängt sich eine Reihe Senioren mit hungrigem Magen dort hinein.

In der Kebabbude? Nein, zu profan für meine Göttin. Romantikhotel? Das schon eher, aber Rentnerstau am Eingang, der diesen nachhaltig verstopft. Tourismusverband? Kirche?

Ist sie eine Fremde? Oder eine Einheimische? Beide Kategorien könnten sich sowohl im Touristenbüro, als auch in der Kirche, die ja grenzüberschreitend tätig sein soll, finden. Also links herum. Eine Fahrradklingel schrillt neben meinem Ohr, doch da ich kein Scheppern eines zu Boden gegangen Drahtesels vernehme, auch keine lauten Schmerzensschreie oder Hilferufe, werfe ich einfach nochmal meinen ganz persönlichen Entschuldigungssegen unters Volk und hetze weiter. Etwas außer Atem rüttele ich an der Tür der Fremdenführer. Geschlossen. Also das Gotteshaus. Ich nehme die nächsten hundert Meter im T-Rex Stil und haste durch die offenstehende, prunkvoll verzierte Holztüre. Kühle, goldgeschwängerte Luft empfängt mich und: Der Gekreuzigte.

In der letzten Reihe sitzt ein Schwarzgekleideter, dessen Nasenspitze unbeweglich wenige Zentimeter über der Sitzreihe vor ihm schwebt. Langsam wendet er mir seinen Blick zu. Seine Augen überzieht ein milchiggrauer Schleier und ich weiß nicht, ob er Mißbilligung ausdrücken oder einfach Ruhe anmahnen wollte.

Diesmal unterlasse ich meinen Entschuldigungssegen, es käme mir profan vor und Mama hat gesagt, der Herrgott weiß sowieso immer alles, was ich tue, also weiß er auch, warum ich hier hereingeplatzt bin ohne Grüß Gott zu sagen, meinen nicht vorhanden Hut zu lüften und warum mein Schritt in diesem Falle nicht gemäßigt sein kann. Mein Kopf hüpft von links nach rechts, als ich den Mittelgang entlang die Bankreihen nach Shiva durchforste. Am Altar angekommen tue ich dasselbe rückwärts. Und lande schließlich bei dem Schwarzgekleideten. Er reicht wortlos und ohne aufzusehen eine Bibel in meine Richtung. Also wiederhole ich den Vorgang mit dem heiligen Buch in der Hand, einmal den Gang nach vorne und einmal wieder zurück. Helf, was helfen mag. Doch es hilft nichts. Shiva ist und bleibt verschwunden.

Gequält stöhne ich auf. Lasse mich auf eine Kirchenbank fallen. Der dunkel Verhüllte starrt mich nun unverhohlen aus leeren Augen an, nestelt am Kruzifix, das um seinen Hals hängt. Ich fühle mich zu einer Rechtfertigung gezwungen: „Sie ist eine Schönheit!", stottere ich hilflos in seine Richtung und zeichne mit meinen Händen ihre Konturen in die weihrauchgeschwängerte Luft. „Sie ist vielleicht hier irgendwo und ich sehe sie nicht!" Von mir selbst auf die Idee gebracht, ich könne sie übersehen haben, springe ich auf und laufe erneut durch den geheiligten Ort. Der Dunkle verfolgt unbeweglich jeden meiner Schritte. Ich bleibe vor dem Altar stehen, flehe um Hilfe: „Du weißt doch immer alles, hat meine Mama gesagt! Also sag mir, wo sie ist!"

Doch Jesus antwortet mir nicht. Er starrt weiterhin auf seine Füße. Ich tippe mit meinem Zeigefinger auf das Buch der Bücher: „Da drin steht -", ich breche ab. „Ja, was steht da eigentlich drin!", rufe ich mir selbst zu und nehme einen neuen Anlauf, einen weniger verfänglichen: „Warum gibst du mir keine Antwort?", frage ich ihn ungehalten, „sag mir einfach, wo sie ist, so schwer kann das doch nicht sein, für einen, der übers Wasser gehen kann!" An soviel kann ich mich wenigstens erinnern.

Ich verschränke meine Arme vor der Brust und schiebe meine Unterlippe vor. So wie ich es bei Mama immer tat, wenn ich unbedingt ein Eis wollte. Es wirkt nicht. „Hallo! Jesus!", erhebe ich meine Stimme unangemessen in dem kühlen, mich umgebenden Schweigen. Nichts. Nothing. Niente. Kein Wort, kein Ton, kein Pieps, keine blutigen Tränen, kein schwebender Engel, kein Zucken mit den heiligen Zehen. Ich schmolle und starre ihn weiter ungehalten an. In Gedanken formuliere ich die Vorwürfe, die ich loswerden möchte. Dass er da an seinem Kreuz doch mir hier unten ein wenig unter die Arme greifen könnte, dass es ein Klacks für ihn sein müsste, mir zu helfen, gerade so, als lasse ein Kind ein Waffeleis fallen, dass-

Plötzlich bohrt sich eine knochige Kralle in meine linke Schulter. Ich stoße einen schrillen Schrei aus, den Wortlaut kann ich hier nicht mehr wiedergeben, doch es hatte bestimmt mit Gott zu tun und springe entsetzt einen Schritt zur Seite. Links von mir steht der Verhüllte. Er reicht mir bis zur Brust und sein Blick ist zum Altar gerichtet.

Seine Stimme ist ungewöhnlich und klar, als er sagt: „Hör auf zu suchen, was du bereits gefunden hast!"

Unsicher weiche ich zur Seite und ich weiß nicht, ob er mit sich selbst spricht, mit mir oder mit Jesus da vorne am Kreuz. Doch er lässt mich nicht los und so hänge ich an seinem Krallenarm fest wie ein Hofhund an der Kette.

„Hör auf zu suchen, was du bereits gefunden hast!", wiederholt er und ich frage mich, wie ich am besten aus der Nummer wieder herauskomme.

Ich versuche es mal damit: „Ich habe sie nicht gefunden, ich muss sie suchen, vielleicht ist sie hier irgendwo!"

Sekundenlang geschieht gar nichts. Dann dreht er mir seinen Kopf zu und in diesem Moment wird aus dem schwarzverhüllten Alten eine schwarzverhüllte Greisin. Ihr Gesicht zeigt tiefe Furchen und Gräben, als habe ein Bildhauer nach Fertigstellung seiner Arbeit grob mit einem Messer ihr Antlitz zerstört, weil es in seinen Augen zu perfekt gestaltet war, zu schön, als dass er es hätte ertragen könnte, zu betörend, als dass er es in diese Welt hätte entlassen können.

Ich reiße mich los und stürze aus der Kirche. Zuviel für mich an einem Mittag. Draußen beginnen sich bereits die Straßen wieder mit Touristenpaaren zu füllen.

„Shiva!", rufe ich, „wo bist du?"

Verzweifelt blicke ich mich um und suche nach ihrem Haar. Ein Rentnerehepaar nähert sich mir und ich frage: „Haben Sie vielleicht Shiva gesehen? Sie ist-"

„Jaja, weiß scho", grinst der Alte und fuchtelt mit dem gedrechselten Spazierstock in der Luft herum, „der mit dene viele Ärm!"

„Den wern Se hier net finde", glaubt seine Frau, „isch der net au scho beim Raab gwese?"

„Ha noi, Frau", erwidert der Gatte, „des isch doch a Gott!", er mustert mich abschätzend, „Der Mo sucht dr Herrgott!"

Ich sehe zu, dass ich schnellstmöglich das Feld verlasse und finde mich auf der Flucht in einem Supermarkt wieder. Wie ich hierherkam? Keine Ahnung. Zwischen Bananen und Granatäpfeln knurrt mein Magen. Ja klar, Mittagessen fiel zugunsten meiner Begegnung in der Kirche aus. Ich erinnere mich meiner Essgewohnheiten und werfe wahllos Tofu, Gemüse und Sojasauce in den Einkaufswagen. Da kommt mir eine Idee. Vielleicht ist Shiva ja hier drinnen!

Nein, das glaube ich nicht. Aber vielleicht finde ich sie ja noch und dann - ja, und dann könnte ich doch für sie kochen, fällt mir ein. Liebe soll ja durch den Magen gehen. Ich unterbreche meine unprofessionelle Shoppingtour, um die Sache planvoller anzugehen. Schränke meine Arme vor der Brust zusammen, lege meinen rechten Zeigefinger ans Kinn, (habe ich bei einem Politiker gesehen und das machte einen ziemlichen Eindruck auf mich), und starre gedankenverloren zur riesigen Glasfront des Supermarktes hinaus auf die Straße.

Nein! Nein, nein und nochmals nein! Da sitzt sie! Da sitzt sie in voller Schönheit! Einfach so! Sitzt da direkt vor der Fensterscheibe und ich muss mich beherrschen nicht wie Otto Waalkes mit drei stelzigen Schritten zu ihr hinzuhüpfen, an die Scheibe zu klopfen, als begrüße man einen Goldfisch und ihr blöde grinsend meine Zähne zu zeigen. Achtlos lasse ich meinen Einkaufswagen stehen und haste Richtung Ausgang, um ihr zu bedeuten, auf mich zu warten. In diesem Moment wird mir bewusst, wie lächerlich das sein würde, als ich plötzlich unsanft am Oberarm aufgehalten werde und ich laufe auf der Stelle weiter, als trainiere ich auf einem Laufband im Fitnessstudio, kaum weniger als einen Meter von der Ausgangstür entfernt.

„So, mein Freundchen!", ruft jemand triumphierend in mein Ohr, „hab ich dich!"

Bereits zum zweiten Mal an diesem Tag erschrecke ich beinahe zu Tode und stoße einen schrillen Schrei aus. Und dann passiert alles so schnell, dass ich Mühe habe, es in der richtigen Reihenfolge aufzuschreiben. Ein Gorilla, unbehaart zwar, zumindest auf dem Kopf, hat sich an meinem Oberarm festgebissen. Berechtigt sieht er sich zu dieser Handlung offensichtlich durch eine etwas zu stramm sitzende Uniform auf der breit das Logo eines Securityservices namens Hasch mich prangt.

„Bodo!", brüllt er seinen Kollegen an, als stünde der nicht zwei Meter von uns entfernt, sondern am anderen Ende des Supermarktes, dort hinten am Wurststand, wo sich jetzt alle nach uns umdrehen, entrüstet die Hände vor den Mund schlagen oder Sensationsgierig die Szene, in der ich unfreiwillig der Hauptakteur wurde, in sich aufnehmen. Besser als jeder Flachbildschirm, denke ich, doch mein zweiter Gedanke, so ich überhaupt in der Lage bin zu denken, gilt Shiva.

„Bodo!", brüllt er nochmal, „hierher!"

Ich frage mich, ob gerade jetzt in diesem Moment ein schwarzer, massiger, zähnefletschender Rottweiler auf mich zuhetzt, knurrend, geifersabbernd, seinen Blick auf mein zartes Hanswürstchenhälschen gerichtet. Doch Bodo ist auch ein Gorilla. Und er sieht meinem zum Verwechseln ähnlich. Wie sie sich wohl voneinander unterscheiden können?

Egal, das soll nicht meine Sorge sein. Meine Sorge gilt Shiva. Aus meiner Position heraus verdeckt ein Pfeiler die Sicht nach draußen und ich winde mich und dränge die beiden auf die Seite, um besser sehen zu können, doch genausogut hätte ich versuchen können eine startende Boeing 747 auf der Rollbahn mit bloßen Händen aufzuhalten. Kurz vor dem Abheben wohlgemerkt. Das letzte, was ich im Stehen mitbekomme, ist eine breit grinsende Grapefruit auf der Scheibe, die zwischen noch breiter grinsenden sonnenverblichenen Tomaten ihr Dasein als Abziehbild auf der Schaufensterscheibe fristet. Dann kann ich nur noch aus der Froschperspektive berichten, denn die beiden Wachgorillas haben mich auf den Boden geworfen wie in einem dieser stirb-dutzendmale-Filme und könnte ich sehen, was hinter meinem Kopf abläuft, so würde ich möglicherweise eine Magnum erkennen, die auf meinen Hinterkopf zielt. Doch ich versuche verzweifelt durch die offenstehende Türe des Marktes zu spickeln, ob ich ihre Beine sehen kann, wenigstens ihre Beine, doch ich entdecke nur die abgefahrenen Reifen eines Buggys, schwere ausgebeulte Einkaufstüten, die kurz über dem Boden baumeln und schlurfende Tennisschuhe, die sich wehmütig an ihre Tage auf dem Court erinnern.

„Shiva!", ist mal wieder das Einzige, was mir einfällt und das Nächste, an das ich mich erinnere, ist der überquellende Aschenbecher neben meinem Kopf und der Gestank alter Zigarettenkippen, der meine Nase reizt und mir Brechreiz verursacht.

„Ach sieh mal einer an!" Gorilla Nummer eins rutscht seine rechte Arschbacke vom Metallarbeitstisch und baut sich vor mir auf, als sei sein Aufgabengebiet der Haupteingang von Guantanamo. „Das Bürschchen wacht auf!"

Süffisant streckt er mir seine schiefe Boxernase entgegen.

„Frühstück gefällig?", der andere schubst mir ein in Folie eingeschweißtes, schlabbriges Sandwich rüber.

Nummer eins antwortet statt meiner: „Auja, kann ich brauchen," wirft Nummer zwei einen strafenden Blick zu und macht sich über mein Sandwich her. Ob er die Folie vorher abgezogen hat, kann ich nicht mit Sicherheit sagen, denn er schlang es gierig in zwei Gorillabissen herunter. Nummer zwei ist irritiert.

„Kaffee?", fragt er verunsichert und drückt auf die Kaffeemaschine, die sofort brav ihren Dienst beginnt. Nummer eins ist jetzt wieder dran mit dem strafenden Blick. Nur, dass er diesmal heftiger ausfällt als beim ersten Mal. Nummer zwei wird rot und stammelt: "Gell also, da soll doch mal keiner sagen können, wir hätten unseren Gast nicht zuvorkommend bedient! Gell?"

Er gackert wie ein heiseres Huhn und Nummer eins klopft ihm anerkennend auf die Schulter. Raten Sie mal, wer den Kaffee bekam.

Nun können sie auch beide wieder lachen, doch ich verstehe nicht, worüber. Mein Schädel ist voll nasser Watte und denken ist momentan nicht drin.

„Na, dann hau schon ab, Bürschchen!", fordert mich Nummer eins auf.

„Was-?", stottere ich unreflektiert und desorientiert.

„Alles in Butter, Kleiner! Gell!" Nummer zwei winkt mit seiner behaarten Gorillapratze beschwichtigend in meine Richtung. „Gell, wir haben es nicht geschnallt, haha, du bist ja der eine gar nicht-!"

Nummer eins fällt ihm ins Wort: „Keine Sorge, nur eine kleine Verwechslung. Du siehst dem Trottel aber auch verdammt ähnlich", fügt der andere hinzu.

Nummer eins zuckt gelassen die mächtigen Schultern: „-und da haben wir nur unsere Pflicht getan!"

„Wem?" Ich schaue von einem zum anderen, „Wem sehe ich ähnlich?"

„Na diesem Würstchen, diesem Ladendieb, der hier Waren raustragen tut und sie draußen an Obdachlose verscherpelt",

„So ne Art Mutter Theresa, gell", kichert sein Spiegelbild.

Trompe-l'œil

Ich schaue ihn ungläubig an und frage mich kurz, was mir diese seltsame Tag noch für unsanfte und groteske Überraschungen zu bieten hat, da unterbricht Nummer eins unser Plauderstündchen unsanft: „So!", ruft er, klatscht kurz und trocken in die Hände, „Genug des Kaffeekränzchens, ab an die Arbeit. Du," und er weist auf mich, „siehst jetzt zu, dass du Land gewinnst und wir tun wieder redlich unser Geld verdienen!"

Er schnappt mich am Kragen, hievt mich hoch, und bringt mich zur Tür.

„Und - nichts für ungut!", ruft mir der andere noch winkend hinterher, bevor die schwere Stahltür hinter mir ins Schloss fällt. Benommen finde ich mich zwischen bis zur Decke gestapelten Schachteln und Kisten wieder. Ich suche den Ausgang, als mich eine Stimme von hinten anfällt: „Hören Sie mal, Sie!" Ein Michelinmännchen in rot hastet mit ernster Miene auf mich zu, „Hier ist nich für Kunden!" Sein näher kommender Zeigefinger schwingt vor meinen Augen hin und her wie ein Metronom.

„Ich muss nicht", stottere ich, „ich meine, ich suche nicht - für Kunden, also ich suche nicht die Toilette, ich-"

Der Zeigefinger weist mir wortlos die Richtung. Dankbar haste ich dem rettenden Ausgang entgegen.

Draußen auf der Straße versammeln sich die Touristen zum Nachmittagskaffee.

Ich sinke auf dem nächstbesten weißen Plastikstuhl nieder. Erschöpft schließe ich die Augen und lasse die Sonne auf mein Gesicht scheinen. Lausche den Geräuschen um mich herum, den Diskussionen, ob man den Kaffee nun schwarz oder schwärzer, mit oder ohne Milch oder Sahne, kalorienarm oder kalorienfrei haben möchte, als ich plötzlich jemand „Miez! Miez!" ruft. „Komm komm, komm, Miez Miez, Miez, komm, komm, komm!", lockt ein kleiner Steppke, kaum dem Kinderwagen entwachsen, eine gestreifte Katze von einem nahen Fenstersims.

„Das ist ja mal ein netter Tiger, nicht wahr, mein Schatz!", unterstützt Steppkes Mama ihren Junior in der Katzenjagd.

Tiger! Plötzlich bin ich hellwach, und es fällt mir wieder ein, weswegen ich in diese missliche Lage geriet.

„Tiger, Baby!", flüstert eine samtige Stimme in meinem Kopf. „Tiger, Baby!"

Ich springe von dem Stuhl auf, als habe jemand 220 Volt durchgejagt und suche zwischen den vielen Menschen elektrisiert nach Shiva. Schaue links, schaue rechts, scanne den Horizont nach Nord, Ost, Süd und West ab, drehe mich um meine eigene Achse, erst viertel, dann halb, dann ganz, 45, 90, 360 Grad, wie eine Sonnenuhr im Zeitraffer, wende mich zwei Schritte in Richtung Kirchturm, drei Schritte gen Polizeiwache, drei nach vorne, vier nach hinten, zwei quer und einen seitwärts, so als laufe ich jedes einzelne Quadrat eines Schachbrettes ab, nur dass ich mich nicht auf die Züge eines Bauerns beschränke, sondern mich der läuferischen Möglichkeiten eines Turms, eines Springers oder gar der Dame bediene.

Stühle, die sich mir in meine Laufwege stellen, werden unwirsch beiseite gestoßen, Caféhaustischchen angerempelt, Zuckerspender fallen auf mit Servietten liebevoll geschützte Seniorenschöße, Milchkaffee schwappt aus Cappuccinotassen und verwandelt Untertassen in herbstlich schmutzigbraune Seenplatten und strahlend weiße Porzellantassen in stolze, aber einsame Jachten. Speisekarten schwanken in ihren Plastikhaltern, limettengrüne Sonnenschirme erzittern und die Gäste des Eiscafés werfen mir boshafte Blicke zu. Ein Kellner wird auf mich aufmerksam und rückt entschlossen seine makellos gefaltete über den linken Unterarm drapierte Stoffserviette zurecht, richtet sich auf, holt tief Luft und aus seiner gerade noch lässigen Haltung, die er sich abseits seiner Kundschaft für einen Moment gegönnt hatte, wird das aufrechte, steinerne Denkmal des braven Soldaten, bereit in den Kampf zu ziehen für Kundschaft und Chef, bereit Verwundung und Verletzung in Kauf zu nehmen, bereit nach seiner siegreichen Rückkehr mit Medaillen behängt, gefeiert zu werden.

„Miez, Miez, Miez, komm, komm, komm!" Der Dreijährige beteiligt sich auf seine Art an meiner Suche, zwei Suchende unter sich sozusagen, und er bewegt sich in einer Gangart, derer nur Kinder mächtig sind, auf mich zu: Nahezu hockend mit kleinen, pirschenden Indianerschritten rollt er seine Füße von der Ferse bis zum Großzeh orthopädisch vorschriftsmäßig und gewissenhaft ab, als wolle er sich bei dem Kopfsteinpflaster unter seinen Füßen für jeden seiner Tritte entschuldigen. Mit seinem hypnotischen Blick versucht er sein Zielobjekt am Untergrund zu fixieren, ja festzukleben, es unter allen Umständen davon abzuhalten, vorzeitig die Flucht zu ergreifen und sich somit seinem Zugriff zu entziehen. Seinen rechten Arm streckt er soweit nach vorne in Richtung des Taschentigers, dass man meinen könne, er wolle ihn loswerden. Daumen, Zeigefinger und Mittelfinger seiner Hand zerreiben dabei imaginäre, duftende Lockstoffe und wäre genau in diesem Moment der Ascheregen von Pompeji über uns hernieder geregnet und hätte die Szene für immer in weißlichgraue Asche gebannt, so hätte jeder, auch tausend Jahre nach dem Ereignis sagen können, was der kleine Junge in diesem Moment unseres Todes tat.

All dies nehme ich nur am Rande wahr, denn mein Ziel ist klar umrissen: Shiva, die Göttliche.

Ich suche. Ich suche erfolglos. Muss mich beherrschen, nicht alle anzusprechen, sie mit meinem drängenden Problem zu belästigen: „Entschuldigung, haben Sie vielleicht meine Shiva gesehen? Diese seidenzarte Gottheit meiner schlaflosen Nächte, diese -", naja, Sie wissen schon.

Der gestreifte Taschentiger gibt seinen Platz unter einem der Sonnenschirme auf und läuft hocherhobenen Schwanzes seinem Häscher davon. Dieser wiederum beschleunigt seine Schritte, setzt sie nun nicht mehr so leichtfüßig, eher hastig, einen vor den anderen und wäre um ein Haar mit mir zusammengestoßen, hätte ihn nicht seine Mutter an den Garfieldhosenträgern ergriffen, was seine Reichweite erheblich einschränkt und ihn schließlich in der Luft zappeln lässt, wie ich es vor kurzem mit den beiden Gorillas im Supermarkt erlebt hatte. Unter lautem Protestgeheul wird er von der Bühne gezerrt. Ich nutze die Gelegenheit, um unauffällig zu verschwinden.

Mein Magen meldet inzwischen Unterbelegung an und ich haste erneut in den Supermarkt, jedoch nicht ohne mich abzusichern, dass die beiden Hasch mich-Gorillas nicht in der Nähe sind. Ich finde sogar meinen Einkaufswagen wieder und beende meine Einkaufstour ohne weitere Zwischenfälle. Als ich den Laden verlasse wird die Luft zusehends kühler und ich beeile mich nach Hause zu kommen, in mein momentanes Zuhause wohlgemerkt. Ich sehne mich danach mein blauweißkariertes Kissen und das Federbett ausprobieren zu dürfen, die Vorhänge zuzuziehen und die Welt draußen zu lassen.

Erschöpft trage ich die Zutaten meines Abendessens durch die sich leerenden Gassen.

In Gedanken lasse ich den skurrilen Tag an mir vorüberziehen und belächele mich selbst, wie enthusiastisch ich für Shiva entflammt war. Was sage ich, war! Immer noch bin!

Die Greisin in der Kirche fällt mir ein und ihre prophetischen Worte vom Suchen und Finden. Ich seufze tief, fühle mich von Gott und der Welt unverstanden. Noch wenige Meter trennen mich von meiner Haustüre. Ich lege sie schlurfend zurück, denn auch ein T-Rex ist mal müde, stelle meine beiden Tüten auf die hölzerne Bank vor dem Eingang und krame nach meinem Schlüssel. Zuerst suche ich meine Hosentaschen durch, klopfe hier und krame dort, doch die Anzahl der Taschen meiner Kleidung ist begrenzt, also bin ich schnell fertig damit. Leider ergebnislos. Also nochmal von vorne. Klopfen und Kramen. Nichts. Nun folgt fluchen. Ich versenke meinen rechten Arm abwechselnd in den Einkaufstaschen, taste Olivengläser, Tomaten und Joghurtbecher ab, einmal, zweimal, dreimal, und schließlich packe ich beide Taschen aus. Ich stelle sie auf den Boden, setze mich auf die Bank und stapele jedes einzelne Lebensmittel neben mir auf der Bank. Es entstehen wacklige, schiefe Pisatürme, doch der Schlüssel bleibt verschwunden. Genervt sinke ich auf der Bank in mir zusammen. Erwäge meine Möglichkeiten ins Haus zu kommen, als - ja, als ich sie entdecke:

Sie steht einfach da. Als habe sie Scotti hergebeamt. Unbeweglich hat sich auf der anderen Straßenseite mein Traumbild manifestiert und ich starre sie mit diesem dümmlichen Grinsen an, das Annabell immer so peinlich fand. „Tiger, Baby!", fällt mir ein und ich bemühe mich meine unstatthafte Gesichtsentgleisung in den Griff zu bekommen. Doch da Shiva ja bekanntermaßen genauso schnell und geräuschlos verschwindet, wie sie sich herzaubern kann, wage ich es nicht, mich zu bewegen. Tausend Gedanken schießen mir durch den Kopf. Ob sie mich gesehen hat? Natürlich hat sie, uns trennen gerade mal zehn, zwölf großzügige Schritte. Ob sie meinetwegen kam? Ich erröte ob diesen frivolen Gedankens, doch kaum ist er gedacht, lässt er mich schon nicht mehr los. Ob nun die Zeit gekommen ist, sie anzusprechen? Ich schlucke, räuspere mich, setze an und bekomme nichts mehr als ein heiseres Hüsteln hin, das sie nicht mal dazu bewegt, den Kopf zu mir hinzuwenden.

Was soll ich nur tun? Zaghaft hebe ich in Zeitlupe die rechte Hand, bereit, ihr verschwörerisch zuzuwinken, doch auf halbem Wege fällt mir ein, wie albern das wirken könnte und meine Hand bleibt in der Luft stehen wie ein Falke auf Mäusejagd.

Shiva rührt sich nicht. Sie steht einfach da. Als sei dies das Natürlichste auf der Welt. Mein Arm wird schwer vom vielen Aufmäuseausschauhalten und ich lasse ihn zaghaft sinken.

In diesem Moment kommt Fräulein Schneider, meine Vermieterin vorbei. In ein rosafarbenes T-Shirt gezwängt, prangt auf jeder ihrer Brüste ein riesiger Schafskopf. Sie stemmt die erdverkrusteten Hände beidseits in ihre Hüften, bewundert sekundenlang die Auswahl meiner Lebensmittel auf ihrer Bank und stellt fest: „Hams ihrn Schlüssel vergessn?"

Ich nicke ergeben. „Na, dann kommens mal mit!", befiehlt sie und ihre Worte dulden keinen Widerstand. Sie zückt ihren eigenen Schlüssel, schließt die Haustüre auf und stößt diese mit einem forschen Fußtritt auf. „Worauf wartens noch?", fragt sie, als ich nicht sofort bereit stehe und winkt mich mit ihrer fleischigen Hand ins Haus. Shiva war dieser Auftritt wohl zu laut, denn als ich auf die andere Straßenseite blicke, ist sie mal wieder verschwunden. „Traumtänzerin", denke ich und schleiche hinter meiner Vermieterin zur Tür hinein. Drinnen habe ich meine liebe Not, Fräulein Schneider-auf-das-Fräulein-leg-i-fei-Wert wieder loszuwerden, doch nach dem Begutachten des Wetters, dem Durchkauen der Krankheiten ihrer Mutter und den Anekdoten, die sie mit meiner Mutter erlebte, lässt sie mich endlich allein.

Kaum ist sie fort, haste ich zum Fenster, um nach Shiva Ausschau zu halten. Entdecken kann ich sie nicht, doch vielleicht wartet sie ja in einigem Abstand nur darauf, dass wir allein sein werden. Vorsichtig öffne ich die Türe einen Spalt. So kann sie unauffällig zu mir hereinhuschen, gerade so als sei sie ein flüchtiger Gedanke. Und ich stelle mir vor, wie ihre schlanke Gestalt geräuschlos durch den Türspalt gleitet und sie es sich auf meiner Couch gemütlich macht, wie wenn dies selbstverständlich wäre, eine lange Freundschaft, bei der es kaum noch Worte der Verständigung braucht, während ich für uns beide ein leckeres Abendessen brutzele.

Ich zwinge mich dazu, Paprika zu waschen, Tomaten und Hühnchenfleisch zu schneiden, Salat zuzubereiten, mich auf die Zubereitung meines Dinners-für-zwei zu konzentrieren, weil mich diese Ahnung befallen hat wie ein Zecke, diese Ahnung, dass sie kommen wird. Versonnen rühre ich im Kochtopf und stelle mir vor, wie es sein wird. Wenn sie käme. Und auf meinem Bett läge. Sich mir hingäbe in all ihrer Schönheit. Sich von mir verwöhnen ließe, sich an mich drängte mit ihrem sehnigen, sportlichen Körper, sich streicheln und liebkosen ließe. Wie ich die Linie ihres Rücken mit meinen Fingerspitzen entlanggleite, sie hinter ihren Ohren kraule, meinen Kopf an ihren weichen Bauch schmiege und wie wir schließlich gemeinsam einschliefen. Tiger, Baby! Oh ja, Tiger, Baby!

Beschwingt summe ich eine leise Melodie vor mich hin. nun bin ich mir fast sicher: Sie wird kommen, sie wird mit mir speisen, sie wird sich in mein Bett legen, sie wird sich von mir verwöhnen lassen. Ich füge meiner Melodie noch ein paar linkische Tanzschritte hinzu (zum Glück ist Annabell nicht da), jongliere mit Cocktailtomaten, imitiere eine kleine Pirouette vor meinem sanft vor sich hin köchelnden Auflauf und nehme dabei die vorüberfliegenden Details meiner Wohnung auf: Das Ölgemälde vom Watzmann etwa, oder die Kuckucksuhr und plötzlich halte ich inne. Etwas passte nicht ins Bild. Etwas gehört nicht hierher oder besser gesagt: War noch nie hier. Dies bemerke ich, als ich die Drehung vollendet und wieder meinen Herd im Blickfeld habe und sie hinter meinem Rücken sitzt. Und ich frage mich, wie ich herausfinden soll, ob es sich um eine Fata Morgana handelt oder nicht. Und da ich mich nicht wie einen Uraltfußballkumpel neben ihr aufs Sofa fallen lassen kann, ich aber in Liebessachen vollkommen ungeübt, ja gar linkisch bin, sucht mein Gehirn verzweifelt nach einer Möglichkeit, das Bild in meinem Kopf auf seinen Wahrheitsgehalt hin zu überprüfen.

Das Gehirn lässt mich nicht im Stich und ich knie vor meinen Backofen, angeblich um die Leckereien darin auf ihre Garzeit hin zu überprüfen, doch in Wahrheit suche ich ihr Spiegelbild in der Glasscheibe.

Ich rutsche hockend vor dem Backofen hin und her, um freie Sicht zu haben und wäre beinahe vornübergekippt, meinem Auflauf in die Arme, als ich sie sehe. Unbeweglich sitzt sie auf meinem Couchtisch und beobachtet mich aus ihren exotischen Augen. Mein Puls beschleunigt sich und nach einigen Sekunden des gegenseitigen Beobachtens stehe ich mit zittrigen Knien auf. Hoffentlich mag sie mein Hühnchen, hoffentlich habe ich nicht zu stark gewürzt, hoffentlich ist sie nicht allergisch gegen Paprika, hoffentlich, hoffentlich, hoffentlich!

Jetzt nur keinen Fehler machen, denke ich, und verinnerliche es mir wie ein Meditationsmantra. Jetzt nur keinen Fehler machen! Jetzt nur keinen Fehler machen! Dummerweise taucht gerade in diesem Moment Annabell in meinem Kopf auf. Ihr Grinsen ist spöttisch und mir nicht wohlgesonnen. „Na, Hänschen", lästert sie, „wie war das mit dem Würstchen?"

Ärgerlich wedele ich sie mit dem Handtuch aus meinen Gedanken, als schlage ich nach einer lästigen Stubenfliege, doch sie ist gewillt mich noch eine Weile auf Trab zu halten.

„Annabell!", stoße ich schließlich hervor, „Hau endlich ab und lass mich in Ruhe!"

Ich schlage mir die Hand vor den Mund, weil mir einfällt, dass ich nicht alleine bin, drehe mich abrupt um - doch Shiva ist verschwunden.

Ich schäume vor Wut auf Annabell und mich selbst, pfeffere mein Geschirrhandtuch auf den Boden und trampele darauf herum, als sei es Annabells Lieblings T-Shirt.

Aus dem Backofen kommt ein leicht angebrannter Geruch und mit weißblaukarierten Handschuhen bewaffnet, balanciere ich den Auflauf aus dem Ofen. Zu spät merke ich, dass die Handschuhe zu dünn für dieses Unterfangen sind. Ich lasse das Gefäß eher fallen, als dass ich es hinstelle, weil meine Fingerspitzen lauthals Alarm geben. Mein kochbläschenblubbernder Hauptgang schlägt mit einem blechernen Klatschen auf dem Herd auf. Ich fluche, wedele meine Hand durch die Luft, zerre mir den Handschuh runter und kühle meine Finger unter dem kalten Wasserstrahl am Spülbecken.

Dieser Tag, beschließe ich, ist mir nicht wohlgesonnen. Ich sollte mich ins Bett legen, mir die Decke über den Kopf ziehen, sämtliche schwarzen Katzen und Leitern und solcherlei Dinge meiden und warten, bis er sich verzogen hat. Dieser Tag samt allen unliebsamen Überraschungen, die er mir noch zu bieten hat.

Shiva ist weg, mein Auflauf angebrannt, die Finger ebenso. Das Telefon klingelt. Das gute, alte Klingeln eines Telefons, schrill, grässlich, unüberhörbar. Nicht diese Melodien, die einen aus allen möglichen Ecken des Universums anfallen, dir das Lied vom Tod spielen oder Ravels Bolero. Doch da ich hier nicht Zuhause bin, muss ich mich erst besinnen, wo das Telefon zu finden ist. Und: Wer könnte mich hier anrufen? Wer weiß von meinem Aufenthalt hier? Doch keiner außer - außer Mama.

„Mein Junge", haucht sie ins Telefon, „wie gut, dass ich dich in meiner Nähe weiß!"

Irritiert schaue ich den Hörer an. Unser Kontakt beschränkte sich in den letzten fünf Jahren auf Geburts- und Todestage. Ich rufe sie nicht an, sie ruft mich nur an, wenn sie glaubt etwas loswerden zu müssen. Dass sie mal wieder wegen eines harmlosen Infektes im Sterben liegt, zum Beispiel oder ähnlich Dramatisches. Wenn sie einen Mückenstich zum Zeckenbiss hochstilisiert, sich sämtliche möglichen Folgen ausmalt und dann, wenn sie glaubt, FSME habe sich ihrer bemächtigt, obwohl keinerlei Symptome zu erkennen sind (wie auch bei einem Mückenstich?) und sie sich deshalb kurz vor dem Delirium wähnt, dann ruft sie mich an. Sie wechselt den Hausarzt wie ich meine Bettwäsche, denn jeder ihrer zuvor hochgelobten Heiler schenkt ihr irgendwann zu recht keinen Glauben mehr.

„Stirbst du gerade mal wieder?", frage ich sie und zu meinem Entsetzen schluchzt sie ins Telefon.

„Ach, mein Junge", kommt ein wehleidiges Klagen aus dem Hörer und ich frage mich, ob es diesmal ernst sein könnte.

„Mama", versuche ich einen Einstieg, „Mama, was ist denn los?"

„Karlo!", kommt als Antwort und nochmal „Karlo", und in diesem Moment weiß ich, was los ist. Die Sache mit Karlo. Ja, klar, heute ist der Tag, an dem die Sache mit Karlo passierte. An das Jahr kann ich mich nicht erinnern, das zweite oder dritte. Wie konnte ich es vergessen. Ich stöhne innerlich auf, wieder etwas, was mir dieser verqueere Tag schenkte, wieder etwas, auf das ich liebend gerne verzichtet hätte.

Also gut: Karlo. Ihr Thema schlechthin.

„Mama", ich versuche meine Stimme weich klingen zu lassen, spreche mit ihr wie mit einem Sterbenden, der sich bereits mit einem Fuß im Jenseits befindet. „Mama", wiederhole ich mich und ringe nach Worten. „Schau mal, es ist schon so lange her -", falscher Ansatz, merke ich zu spät, denn Mama heult noch lauter weiter. Zum Seelsorger bin ich eindeutig nicht geboren.

„Du mochtest ihn nie", kommt als Vorwurf aus dem Hörer, „du hast ihn immer abgelehnt, du hast nie für ihn gekocht, du hast ihn nicht mal reingelassen, wenn ich nicht da war, du hast ihn einfach übersehen, du hast ..."

Ihre Tirade dauert einige Minuten und ich lege solange den Hörer neben den Herd und lasse kaltes Wasser über meine Finger, auf denen sich bereits Blasen gebildet haben, rinnen.

„Junge!" Ihr Hauchen wird ein Fauchen und ich beeile mich pflichtschuldig den Hörer an mein Ohr zu pressen, denn uns trennen genau fünfhundert Meter und ich befürchte, sie könnte auf die Idee kommen, mir das, was sie zu sagen hat, persönlich ins Gesicht zu schleudern. Nun, wo diese einmalige Gelegenheit dank Annabell eingetreten ist.

Ich bemühe mich zuvorkommend zu sein. Sehe sie in Gedanken in ihrem kleinen, privaten Zimmer im Seniorenstift sitzen. Die Wände sind gepflastert von Kater Karlos Bildern. Karlo auf dem Sofa, Karlo spielt mit einem Ball, Karlo grinst sein dümmliches Garfieldgrinsen in die Kamera. Karlo bildfüllend, von hinten, von vorne, von oben und von unten. Dichtes rötliches Haar von weißen Strähnen unterbrochen, dieser selbstgefällige Zug ums Maul und eine Präsenz, wie sie mancher Politiker gerne mitbrächte. Zugegeben, er hatte auch seine humorigen Seiten, dieser Kerl, doch manches mal hätte ich ihn aus dem Fenster werfen können, wenn Mutter auf die letzte Minute loshetzte, um Rinderleber beim Metzger ihres Vertrauens zu ergattern, während sie mich mit eingeschweißten Saitenwürstchen kurz vor dem Verfallsdatum abspeiste. Sie pflegte sie mir hinzuwerfen, wie man einem

Hund einen Knochen hinwirft, und um den ganzen die Krone aufzusetzen, fügte sie noch hinzu: „Iss, mein Junge, das muss weg!".

Karlo hingegen...

Und dann noch was: Hinter dem Vorhang beinahe verdeckt: Karlo-Mensch mit dem Weinglas in der Hand. Wie er in die Kamera zwinkert. Ein Gentleman der alten Schule. Einer, der den Damen die Tür aufhält und ihnen in den Mantel hilft.

Ich stöhne, ob der vielen Erinnerungen, die sich meiner bemächtigen. Ich schlucke meinen Unmut hinunter und lasse mich über Karlo und seine positiven Eigenschaften aus. Wie anhänglich er doch war und wie verschmust und seine Treue und dass sie sich immer auf seine Anwesenheit verlassen konnte und , und, und - bis - ja bis zu jenem Tag eben.

Und sie heult mir ihre Sehnsucht nach ihm ins Ohr und ihre Einsamkeit und ihr ganzes Elend und ich ertappe mich bei dem Gedanken, dass sie mir aus der Seele spricht. Was ihr Karlo war, könnte für mich Shiva sein und ich fühle mich ertappt und gleichzeitig betreten, wie ich sie kaltschnäuzig abgewimmelt habe in ihrem Ansinnen, bei mir Gehör zu finden. Auch Mütter sind nur Menschen, denke ich mir. Sogar meine. Ich fühle mich schlecht und beschließe ab heute ein besserer Sohn zu sein. Ja, lasse mich sogar dazu hinreißen zu sagen: „Mama, warum kommst du nicht einfach vorbei und wir können in Ruhe über deinen Schmerz mit Karlo reden".

Ich lobe und verfluche mich gleichzeitig. Von vollkommen desinteressiertem Sohn zum Seelenretter der eigenen Mutter, ist aber auch ein zu großer Spagat, vor allem in dieser kurzen Zeitspanne. Vielleicht sollte ich der Glaubwürdigkeit halber die Sache wieder rückgängig machen oder zumindest minimieren, indem wir uns zum Beispiel beim Italiener nebenan treffen oder sowas.

„Mama", setze ich an, doch sie hat bereits aufgelegt.

Es dauert keine Viertelstunde, bis sie in meiner Tür steht. Und es dauert keine fünf weitere Minuten, als sie loslegt, mir Kater Garfield-Karlos Geschichte zu erzählen, als könne ich sie nicht bereits auswendig.

Vielleicht weil sie dem Kater doch noch die abgelaufenen Saitenwürstchenreste fütterte, zusammen mit der Rinderleber, garniert mit Bärlauch, der möglicherweise gar keiner war, sondern Maiglöckchen, den sie für ihn im Wald pflückte, und weil der Kater alles fraß, sogar meine Tennissocken, wurde ihm eines Tages diese Gier zum Verhängnis und letztlich kann man nicht mehr so genau sagen, woran der gute Kater starb. An seiner Trägheit, die sich zusammen mit seinen Fressattacken in einem stattlichen Umfang manifestierte, so als gäbe es Jahr für Jahr ein Stückchen Karlo mehr. Doch da dies auch mehr Fell bedeutete, in das meine Mutter ihre Nase versenken konnte, mehr Gewicht, wenn er auf ihrem Schoß thronte wie ein überdimensioniertes Plüschtier und mehr Resonanz, wenn er ihr ins Ohr schnurrte, gebot sie seiner stetigen Gewichtszunahme keinen Einhalt.

Doch das wirklich Tragische war die Geschichte des echten Karlos, des Namensgebers des Katers. Der echte, der mit dem Weinglas nämlich, war ihr Jugendfreund in den Jahren als sie sich anschickte, ein ansehnliche junge Frau zu werden. Karlo hatte rotes Haar, wie sein Nachfolger, eine ewig winterblasse Haut, doch sein Blick war nicht selbstzufrieden und selbstverliebt wie der des Katers. Sein Blick galt einzig meiner Mutter. Und wenn man ihr Glauben schenken wollte, so waren sie lange Jahre ein Liebespaar. Bis ein Kater ins Leben meiner Mutter trat. Karlos Kater. Ein heimatloses, verwahrlostes Fundtier, kurz davor im Tierheim die letzte Spritze seines Lebens zu erhalten. Und weil Karlo, der Zweibeinige, ein großes mitfühlendes Herz hatte (im Gegensatz zu meiner Mutter) nahm er den kleinen Kater mit nach

Hause. Mutter jedoch hasste Katzen, fand sie unhygienisch und widerwärtig und so nahm die Geschichte ihren Lauf. Anfangs noch hie und da geäußerter Unmut wegen des Tieres im Haus, steigerte sich dies in offene Ablehnung, nicht nur dem Vierbeiner, sondern auch dem Zweibeiner gegenüber.

Und eines Tages war die Katze verschwunden. Einfach fort. Mutter zuckte nur die Schultern, als Karlo nach ihr fragte, sie überall suchte, Zettel mit seinem niedlichen Katerkindergesichtchen an sämtliche Litfaßsäulen hängte und vor lauter Kummer kaum noch essen konnte. Der Kater blieb verschwunden. Und eines Tages war auch Karlo verschwunden. Annähernd so sang - und klanglos wie sein Kater. Ein paar Tage noch sah man ihn durch die Stadt streifen. Ruhelos auf der Suche nach seinem vierbeinigen Freund.

Und dann war er auch vollständig verschwunden. Und mit den Tagen, die ins Land zogen, bereute auch meine Mutter zusehends, was sie getan hatte. Nun war sie es, die Litfaßsäulen beklebte mit Karlos Gesicht, doch genauso wie der Kater, war auch sein Herrchen ein für allemal aus ihrem Leben verschwunden.

Und kurze Zeit später stand plötzlich Garfield-Karlo in der Türe. Fleischgewordener Vorwurf aller lieblos entsorgten Katzenbabys. Und meine Mutter ging in die Knie, nahm das damals noch kleine Bündel auf den Arm und ließ es fortan nicht mehr los. Bis sie ungefähr viermal soviel Garfield-Karlo aus ihm gemacht hatte und bis zu jenem Tage seines Todes, den er auf ihrem Schoß erlitt.

Zugegeben ich mochte dieses anbiedernde Stück Katze nicht. Das Vieh wurde verwöhnt und bekocht und beschmust und verhätschelt. Sie las ihm vor, sie sang ihn in den Schlaf, er hatte die gesamte Hälfte ihres einstmaligen Ehebettes für sich, er vereinnahmte sie völlig und sie war ihm hörig. Sie nahm ihn mit in den Urlaub, sie ging mit ihm zum Einkaufen, er wartete, wenn sie Klavierstunden nahm vor der Tür ihres Lehrers und holte sich allerorten seine Leckerlis und Schmuseeinheiten ab. Entweder war er einfach nur verfressen oder einfach nur gerissen, vielleicht auch beides. Ihm ging es mit meiner Mutter deutlich besser, als es mir mit ihr je gegangen war. In jedem Fall. Vielleicht war ich neidisch, weil er alles bekam, was sie mir vorenthielt und zugegebenermaßen war auch winziges bisschen Schadenfreude im Spiel, als er das Zeitliche segnete, doch im Grunde ging mir die Geschichte mehr zu Herzen als ich zugeben wollte.

Als sie geendet hat, serviere ich Kaffee. Mit Zimtkeksen, die Karlo so mochte, der Kater in diesem Falle. Nun schweigt meine Mutter und da ich von ihrem Redeschwall noch völlig geplättet bin, mit dem plötzlichen Interruptus aber auch nicht umgehen kann, stehe ich auf, öffne das Fenster und lasse erst mal frische, kühle Abendluft herein.

Ich inhaliere tief und setze mich schließlich wieder zu meiner Mutter an den Tisch. Vom Fenster her dringt ein sanftes Glockenspiel an mein Ohr. Ein metallenes Windspiel, das nicht, wie manch andere einen hohen unnatürlichen Ton erzeugt, ähnlich dem Bohrer eines Zahnarztes, davon bekomme ich Zahnschmerzen. Nein, diese Windspieltöne erinnern an den Gesang buddhistischer Mönche, begleitet von gelegentlichem Schlagen des Xylophones, eine Art warm herabregnende Klangdusche in einer lauen Sommernacht, Brahmanengesang, als wolle jemand aufsteigende Seelen zum Himmel begleiten.

Diesmal sitzt sie auf dem Fensterbrett.

„Shiva!", stöhne ich und überlege mir hastig, wie ich meine Mutter loswerden könnte. Unser Auflauf steht noch auf dem Herd und Mutter ahnt bereits, was hier in meinem Inneren abläuft.

„Shiva?", sie richtet sich auf und betrachtet meinen Gast interessiert, „Du kochst für sie?", fragt sie ungläubig. „Gehört sie dir?"

Ich zucke beiläufig mit den Schultern.

„Warum sollte ich nicht für sie kochen?", ist das Sinnvollste, was mir als Antwort einfällt.

„Du hast mich immer ausgelacht, wenn ich für Karlo gekocht habe!"

Verlegen räuspere ich mich.

Mutter steht auf und begutachtet meinen Auflauf.

„Hühnchenfleisch?", fragt sie und nun ist sie nicht mehr zu bremsen. „Du bist doch Vegetarier! Natürlich kochst du für sie!", triumphiert sie und klatscht vor Freude in die Hände.

Shiva hat es sich auf dem Herd gemütlich gemacht und kostet meinen Auflauf.

Nach zwei Bissen schüttelt sie den Kopf und springt auf die Couch neben meine Mutter.

Sie schnurrt und lässt sich ihr dreifarbiges Fell kraulen, genau dort hinter den Ohren, von denen ich den ganzen Tag geträumt hatte. Denen ich nachgehetzt war durch den ganzen verfluchten Ort, die meine Visionen nährten und die „Tiger, Baby!" in meinen Kopf gemeißelt hatten.

„Sie ist zu mir gekommen, nicht zu dir", stammele ich hilflos, „und sie ist eine Katze, kein Kater!"

„Warum heißt sie dann Shiva?", fragt meine Mutter, „der ein männlicher Gott ist?"

Dazu fällt mir zugegebenermaßen nichts ein. Also schweige ich.

„Komm, Shiva!", sagt meine Mutter, steht auf und geht zur Tür. Die Katze folgt ihr wie ein Hündchen, „Komm Shiva! Wir gehen Rinderleber kaufen".

Und wie ich sie so zur Türe hinauslaufen sehen, meine Shiva mit ihrem geheimnisvollen Mona-Lisa-Lächeln, und meine Mutter, die so ein selbstgefälliges Garfield-Grinsen zur Schau trägt, denke ich mir: „Annabell hat recht. Ich bin ein Würstchen. Ein Hanswürstchen".

Und im Grunde wollte ich nie eine Katze, ich wollte Annabell.

Vielleicht sollte ich mich auf die Suche nach Annabell machen.

Trompe-l'œil

Die seltsame Geschichte von Herrn Rheinsbergs Schuhen

Mit der rechten Hand auf seinen Spazierstock, mit der linken auf die Lehne einer Bank gestützt, streifte Herr Rheinsberg umständlich die feuchte Erde von seinen schwarzen Lackschuhen an einem Grasbüschel ab.

Das Ergebnis ließ zu wünschen übrig. Missmutig setzte er sich auf die ehemals grün lackierte Bank zwischen die Gräberreihen.

Er betrachtete den grob gepflasterten Weg und murmelte leise vor sich hin:

„Können die von der Stadt nicht mal was ordentlich machen? Wie soll man denn eine Gießkanne befüllen, ohne in den Matsch zu treten?"

Was hätte wohl Vater Rheinsberg dazu gesagt? Er legte immer sehr großen Wert auf blitzblank geputzte Schuhe. Bevor er jemandem ins Gesicht sah, begutachtete er dessen Schuhwerk.

„Junge, du bist unordentlich, schämst du dich denn nicht?"

In den Taschen seines altmodischen Jacketts fahndete Sohn Rheinsberg nach Taschentüchern. Er fand zwei zerknüllte Exemplare und versuchte damit seine Schuhe abzureiben, doch das Ergebnis war noch weniger zufriedenstellend als zuvor. Braune Schlieren zogen sich nun über die dunkle Lackschicht, auch waren seine Finger in Mitleidenschaft gezogen worden. Unwirsch warf Herr Rheinsberg die Taschentücher in den Mülleimer.

„Junge, wie du wieder aussiehst! So geht man nicht aus dem Haus, was sollen denn die Leute denken?"

Sohn Rheinsberg betrachtete seine Finger, kramte erneut nach Tüchern und als er keine fand, vergrub er seine Hände tief in seiner Jacke. Nachdenklich betrachtete er die umliegenden Grabsteine. Sein Vater war mittlerweile beinahe ein Jahr unter der Erde und es musste ein Stein für ihn ausgesucht werden.

Herr Rheinsberg stand langsam auf, goß den spärlichen Bewuchs auf dem Grab seines Vaters und wandte sich ab. Auf der Suche nach Inspiration zur Gestaltung der letzten Ruhestätte seines Vaters tippelte er durch die Grabreihen. Unter der weit ausladenden Kastanie hielt er inne, setzte sich erneut auf eine Bank und betrachtete die älteren Gräber.

„Lebenskünstler", stand da in kunstvoll verzierten Buchstaben auf einem grob behauenen Stein geschrieben. Nur ein junger Gingkobaum diente als Schmuck. Herr Rheinsberg schob mit seinem Spazierstock die Blätter beiseite.

„Hm", sinnierte er, „ein Lebenskünstler..."

„Was ist das, ein Lebenskünstler?", unterbrach ihn plötzlich eine helle Stimme.

Herr Rheinsberg wandte sich nach beiden Seiten um. Ruhig standen die Grabsteine in ihren Reihen wie Soldaten beim Appell. Einen Besucher konnte er nicht entdecken.

„Hallo, wer ist da?"

„Was ist das, ein Lebenskünstler?", wiederholte die Stimme.

Herr Rheinsberg stand so schnell auf, wie es seine arthritischen Knie erlaubten. Er drehte sich suchend um seine eigene Achse. Der Friedhof lag ruhig da. Außer einer rundlichen Frau, die sich am äußersten Rand an der Bepflanzung eines Grabes zu schaffen machte, konnte er niemanden entdecken. Sie schien sehr mit ihrer Arbeit beschäftigt zu sein, auch war sie außer Hörweite.

„Was ein Lebenskünstler ist, möchte ich wissen!"

„Wer spricht denn da?"

Herr Rheinsberg bekam keine Antwort auf seine Frage. Bestimmt war es nur ein Kind, das sich irgendwo versteckte, um ihn zum Narren zu halten.

„Verschwinde", rief er, „geh nach Hause und mach deine Hausaufgaben, anstatt hier die Leute zu ärgern!"

„Bist du schwerhörig, Opa? Ein Lebenskünstler, was ist das?"

Herr Rheinsberg beschloss den Dingen auf den Grund zu gehen.

„Zeig dich mir, sonst rede ich nicht mit dir!", rief er in die stille Friedhofsruhe und rammte seinen Spazierstock in den Boden, um seinen Worten Nachdruck zu verleihen. Diesmal bekam er keine Antwort und er kam er sich bereits wie ein Narr vor, wie er da alleine mitten zwischen den Ruhestätten der Verstorbenen mit einer körperlosen Stimme redete.

Er betrachtete er den verschnörkelten Schriftzug „Lebenskünstler" auf dem hellen Stein. Wer hier wohl einst beerdigt wurde? Herr Rheinsberg versuchte den Namenszug zu entziffern, doch es gelang ihm nicht. „E.d..e A...b...m" war noch zu entziffern, mehr nicht mehr.

„Eddie, wahrscheinlich hast du Eddie geheißen", sprach Herr Rheinsberg in Richtung des Grabes, „Also, Eddie, verrate uns doch mal, wie man aus seinem Leben ein Kunst macht!"

Herr Rheinsberg erwartete eine anerkennende Antwort von der hellen Stimme, doch sie blieb aus. Was für ein Spiel wurde hier überhaupt gespielt? Unsicher, ob er weiter darauf eingehen sollte, ließ er seinen Blick über den Friedhof schweifen.

Drüben bei dem Maulbeerbaum pflanzte eine junge, schwarzgekleidete Frau Rosen auf einen Erdhügel, zwei Reihen dahinter schob der

Friedhofsgärtner geschäftig junge Bäume in großen Kübeln über den Kiesweg.

Herr Rheinsbergs Blick fiel auf seine lehmverschmierten Schuhe.

„Also Eddie, was macht man in deinem Fall mit schmutzigen Lackschuhen? Sicher hast du dich nicht damit herumgeärgert", stellte er trocken fest, „vielmehr warst du einer von denen, die die Welt gesehen haben, bist barfuß nach New York getrampt, mit Blumen im langen Zottelhaar!"

„Junge, du siehst aus wie ein Hippie! Schämst du dich nicht?"

Auf dem Flohmarkt hatte sich Herr Rheinsberg damals in den 1970er Jahren eine blumenbestickte, weit ausladende Schlaghose gekauft.

„Und Eddie, hast du auch diese psychedelischen Bilder gemalt? Im Haschischrausch entstandene Werke, für die jede Malfläche herhalten musste, die gerade zur Verfügung stand?"

Herr Rheinsberg verstummte.

„Wasserfarben," murmelte er schließlich, „harmlose Wasserfarben."

Zwei Wochen Stubenarrest waren die Folge gewesen. Für eine Blume auf der Motorhaube des VW-Käfers seines Vaters.

„Weißt du, Eddie, viel später habe ich auch einmal versucht, ernsthaft ein Bild zu malen. Es ist lange her", er rechnete nach, „oje, tatsächlich schon deutlich mehr als ein halbes Jahrhundert! Eine pensionierte Lehrerin vererbte mir ihre Staffelei, Leinwände und ein paar Tuben Ölfarben. Ich malte wie wild drauflos, war vollkommen fasziniert von den Horizonten, die sich plötzlich vor mir auftaten, mir, dem kleinen, unscheinbaren Kurt aus dem biederen Bankangestelltenelternhaus... Ja, und dann...dann kam mein Vater hinter meine heimliche Leidenschaft."

„Junge, was soll das darstellen? Eine überfahrene Schnecke vielleicht?"

Herr Rheinsberg stockte. Dann fuhr er fort: „Tja, so war das damals, ich sagte ihm, ich wolle ein Maler sein und berühmt werden, ich wolle die Welt bereisen und sie malen. So wie ich sie sehe, mit meinen Augen."

Er hielt inne, sein Blick war auf das Grab vor ihm gerichtet, „Eines Tages war alles spurlos verschwunden. Die Pinsel, die Farben, die Leinwände, die Staffelei, einfach alles. Es wurde in der Familie nie wieder ein Wort darüber verloren. Ich habe seither nie wieder einen Pinsel angerührt."

Zwei Zitronenfalter flatterten zwischen den Grabreihen hindurch wie zwei goldene Miniatursonnen auf der Suche nach ihrem Platz am Firmament. Der Gärtner hatte begonnen das Gras zu mähen und hinterließ mit seinem Mähfahrzeug breite Spuren auf den weitläufigen Rasenflächen.

„Bist du ein Lebenskünstler?"

Warum war Herr Rheinsberg kaum überrascht, als sich die Stimme erneut zeigte?

„Nein. Nein, ich fürchte nicht", antwortete er wie selbstverständlich.

„Warum nicht?" Er hörte die Frage nicht mehr. Er war schwerfällig aufgestanden und ging, leicht nach vorne gebeugt und auf seinen Stock gestützt weiter.

„Jetzt führe ich schon Selbstgespräche", schalt er sich und rief sich den Grund seines Kommens ins Gedächtnis: Inspiration zur Gestaltung des Grabsteines seines Vaters.

Herr Rheinsberg setzte seinen Rundgang über das Gräberfeld fort. Bei einer Gruppe junger Birken erspähte er die nächste Bank, auf die er sich dankbar niederließ, da ihn seine Zehen schmerzten. Die neuen Lackschuhe waren noch nicht eingelaufen. Er ärgerte sich über seine Auswahl. Wen hatte er damit beeindrucken wollen? Hätten es seine alten Mokassins nicht auch getan? Hier auf dem Friedhof, wo man kaum einer lebenden Seele begegnete?

Das erste Grab in der Reihe war gänzlich mit Unkraut überwuchert, Disteln ragten vorlaut in die Höhe. Daneben erinnerte eine schlanke Marmor-Stele, die sich nach oben in zwei Hälften teilte, an eine Annegret Winkler. Dann folgte ein Familiengrab. Hans und Marie stand dort geschrieben und ein gemeinsames Sterbedatum. Zwei goldene Ringe waren in den Stein eingearbeitet worden.

„Ein Liebespaar", dachte sich Herr Rheinsberg, als ihn plötzlich die helle Stimme aus seinen Überlegungen riss.

„Was ist ein Liebespaar?"

Es dauerte mehrere Minuten, bis er schließlich antwortete.

„Das sind zwei Menschen, denen jede Minute der Trennung schwer fällt! Was fragst du eigentlich für seltsame Sachen?", fuhr es Herrn Rheinsberg heraus. „Und wer bist du überhaupt? Ich bin dir keinerlei Rechenschaft schuldig! Zeig dich, sonst spreche ich kein Wort mehr mit dir!"

„Ich bin doch da", kam die schlichte Antwort.

„Ich kann dich nicht sehen", gab Herr Rheinsberg trotzig zurück, „also gibt es dich auch nicht!"

„Ich bin immer da."

„Dann zeig dich und hör auf mit dem Versteckspiel! Wenn ich dich sehen will, bist du verschwunden. Du bist ein Feigling!"

„Selber Feigling!", kam die freche Antwort.

„Was fällt dir ein!" Herr Rheinsberg fuchtelte mit seinem Stock in die

Luft in die Richtung, in der er den Sprecher vermutete. Glockenhelles Gekichere war die Antwort.

„Zeig dich, du Flegel!"

„Du willst mich sehen? Mach deine Augen zu, dann kannst du mich sehen!"

Herr Rheinsberg lachte höhnisch. Mühsam stand er auf.

„Dein Spiel gefällt mir nicht! Ich gehe weiter!"

„Bist du ein Liebespaar?", unterbrach die Stimme seine kleinen Schritte.

„Was fällt dir ein...", begann er und unterbrach sich.

„Bist du denn nun ein Liebespaar?"

„Nein, verdammt noch mal! Ich bin kein Liebespaar! Lass mich in Ruhe mit deiner Fragerei!" Erzürnt ging er weiter. Doch der Samen war gestreut: Lieselotte.

Unwillkürlich musste er an sie denken. Was waren sie jung! Und wie leidenschaftlich hatten sie sich geliebt! Im Sommer trug sie diese neumodischen Bikinis, seine Mutter war entsetzt über soviel Freizügigkeit seiner Verlobten. Die Eltern verboten ihm den Umgang mit ihr. Liese sei nicht standesgemäß, sagten sie.

„Junge, wage es nicht, diese Person noch einmal mit in unser Haus zu bringen!"

Herr Rheinsberg antwortete seufzend:

„Nein, ich bin kein Liebespaar."

„Warum nicht?", rief ihm die Stimme hinterher.

Herr Rheinsberg eilte so schnell er konnte dem Ausgang zu. Er hatte genug von dieser seltsamen Stimme und von diesem Friedhof.

Er passierte die kleinen, quadratischen Urnengräber und bog auf den Hauptweg ab. Nur schnell fort von hier. Vorbei an dem Wasserhahn mit dem dicken gelben Schlauchstück, das wie eine abgeschnittene Schlange in die Gießkanne ragte und an den von der Sonne verblassten grünen Kannen mit der Aufschrift „Friedhof". Ein Schmerz fuhr ihm unwillkürlich ins rechte Knie, er bremste abrupt und stützte sich schwer auf seinen Spazierstock.

„Warum setzen Sie sich nicht ein bisschen auf die Bank hier?"
Herr Rheinsberg wollte schon eine unwirsche Antwort geben, doch er besann sich im letzten Moment. Dies war nicht die helle Kinderstimme, die zu ihm gesprochen hatte.
Er wandte sich um.

Sie trug ein rotes Kopftuch, unter dem schlohweißes Haar hervorquoll. Ihre linke Körperhälfte schien von der vollen Gießkanne in ihrer Hand schwer nach unten gezogen worden zu sein, doch beim genaueren Hinsehen sah Herr Rheinsberg, dass ihre Beine ungleich lang waren.
„Wovor rennen Sie davon?", fragte sie schlicht.

Herr Rheinsberg starrte irritiert auf ihre Füße. Sie waren nackt. Statt Strümpfen und Schuhen zierten Grasflecken, Kratzer und Narben die breiten Füße der Unbekannten.

„Junge, merk dir eines: deine Schuhe sind deine Visitenkarte!"

„Sie tragen mich. Das reicht", sagte sie.
„Oh, ich...", stotterte Herr Rheinsburg, doch die Fremde sprach ein-

fach weiter: „Der Marathonläufer in unserer Familie war mein Sohn", sagte sie und Herr Rheinsberg wurde sich bewusst, dass er ihre Füße angestarrt hatte.

„Entschuldigung, ich wollte nicht...", begann er sich zu rechtfertigen, doch sie unterbrach ihn: „Kommen Sie, ich stelle ihn Ihnen vor."

Was blieb ihm übrig, als ihr zu folgen? Seine neuen Schuhe verursachten klackende Geräusche auf dem Kopfsteinpflaster und plötzlich war ihm das peinlich, so als habe er in einer Kirche zu laut gesprochen. Er versuchte leiser zu gehen, doch es gelang ihm nicht. Verstohlen betrachtete er die fremde Frau. Ihr Gang war von einer eigenwilligen Eleganz geprägt, er erinnerte an den Tanz eines Menschen, der sich selbstvergessen zur Musik in seinem Kopf bewegt. Musik, die nur er wahrnimmt, keiner sonst.

Plötzlich blieb sie stehen und Herr Rheinsberg, versunken in seine Betrachtung, wäre beinahe mit ihr zusammengestoßen, so sehr war er von ihrer Erscheinung eingenommen.

„Marc", sie sprach zu einem einfachen Holzkreuz aus rotlasiertem Buchenholz. „Das ist Herr Rheinsberg, ich habe dir von ihm erzählt."

Woher wusste sie seinen Namen? Und was hatte sie diesem Marc erzählt?

Die Frau drehte sich zu Herrn Rheinsberg um.

„Mein Sohn war Leistungssportler. Olympiakader." Ihre Stimme hatte einen angenehmen Klang.

„Was ist ein Leistungssportler?"

Herr Rheinsberg schrak zusammen. Beinahe hatte er seine Begegnungen mit der Kinderstimme vergessen, doch nun war sie wieder da. Klar und hell wie eh und je.

„Hören Sie auch diese Stimme?", hörte er sich sagen und schalt sich sofort im Anschluss über seine seltsam anmutende Frage an diese ihm vollkommen fremde Frau.

Trompe-l'œil

„Was ist ein Leistungssportler?"

„Jetzt nicht!", rief er unvermutet, „siehst du nicht, dass du störst?"
Die Frau schaute ihm direkt in die Augen.
„Sie lässt einem keine Ruhe, kommt immer wieder", sagte sie, „bis sie der Meinung ist, dass es gut ist."
„Bis was gut ist?"
„Bis man seine Antwort gefunden hat."

Herr Rheinsberg schnaubte unwillig. Die Frau schien mit dieser Kinderstimme unter einer Decke zu stecken. Wahrscheinlich hatten die beiden es sich zum Spaß gemacht, friedfertige Besucher auf den Arm zu nehmen, um sich, wenn die Betroffenen vollkommen verunsichert den Friedhof verließen, noch stundenlang danach darüber zu amüsieren. Herr Rheinsberg wandte sich bereits zum Gehen, als die Frau fortfuhr:

„Mein Sohn starb mit 23 Jahren an einem Aneurysma. Es platzte in seinem Kopf, als er gerade auf einem Wettkampf war. Jugend trainiert für Olympia."

Herr Rheinsburg hielt inne. Was wollte diese Frau von ihm? Was sollte er ihr antworten?

„Wir waren ehrgeizig, wollten, dass er unsere Träume lebt, unser Junge. Wir wollten ihn im Fernsehen sehen können und stolz auf ihn sein. Und er gab sich alle Mühe, unseren hohen Erwartungen gerecht zu werden, obwohl er eigentlich lieber die Welt bereist hätte, statt auf dem Sportplatz unzählige Runden abzuarbeiten..." Sie strich mit der rechten Hand über die Buchstaben auf dem Kreuz . „Und dann war plötzlich alles vorbei. Der Notarzt konnte nur noch seinen Tod feststellen."

Beide schwiegen. Ein leichter Wind spielte mit den Birkenblättern eine flüsternde Melodie.

„Über ein Jahr lang plagte ich mich mit Vorwürfen. Dass ich schuld sei an seinem Tod, dass er noch leben könnte, und dann, dann sprach diese Stimme zu mir. Sie fragte: Was ist ein Aneurysma? Wieder und immer wieder, bis mir endlich klar wurde, dass ich keine Schuld hatte am Tod meines Sohnes."

Herr Rheinsberg klammerte sich an den verkratzten Griff seines Stockes.

„Dann konnte ich Frieden schließen," sagte sie und ging mit ihrem eigentümlichen Gang langsam Richtung Hauptausgang.

Herr Rheinsberg starrte ihr minutenlang hinterher.

Die Kinderstimme riss ihn aus seinen Gedanken:

„Bist du ein Leistungssportler?"

Herr Rheinsberg wurde wütend. „Nein, sehe ich etwa so aus? Und was soll die ganze blöde Fragerei eigentlich? Hier liegt einer begraben, wenn dir das recht ist..." Mehr fiel ihm nicht ein.

„Er hatte eine große Karriere vor sich," fuhr Herr Rheinsberg fort und setzte sich müde auf einen großen Findling neben dem Grab.

„Und bevor du wieder fragst: Ja, ich hätte vielleicht Sportler werden können. Ja, ich war gar nicht so schlecht im Hochsprung und im Stapellauf, ja ich..." Er verstummte.

„Junge, lerne lieber was Anständiges. Werde Bankkaufmann wie dein Vater!"

„Karriere machen, gut situiert sein, Familie gründen, das hatte er für mich vorgesehen. Und was habe ich gemacht?"

Herr Rheinsberg war erschöpft. Er fühlte sich leer und ausgebrannt.

„Ich habe es versucht, Vater", murmelte er, „ich habe zumindest versucht, es dir immer recht zu machen…"

Die Schatten wurden länger und Herr Rheinsberg saß immer noch auf dem Findling. Mittlerweile herrschte geschäftiges Treiben um ihn herum.

Menschen, die die Gräber ihrer Angehörigen pflegten, kamen und gingen, Friedhofsangestellte transportierten frisch ausgehobene Erde und bei der Aussegnungshalle sammelte sich nach und nach eine Handvoll schwarz gekleideter Menschen, um Abschied zu nehmen. Herr Rheinsberg jedoch saß auf seinem Findling und betrachtete seine schmutzigen Lackschuhe, als habe er sie noch nie gesehen.

Das Läuten der Kirchturmglocke riss ihn schließlich aus seinen Gedanken.

Er schrak auf. Sein Bein war eingeschlafen und er brauchte eine Weile, bis er aufstehen konnte. Mühsam rappelte er sich hoch, streckte sich wie ein Sportler nach dem Lauf und ging zum Grab seines Vaters. Sein Gang war aufrecht und sein Spazierstock hing locker am Unterarm.

Vor dem verwitterten Holzkreuz mit dem Namen seines Vaters blieb er stehen. Efeu überwucherte die Grabfläche, welkes Laub lag herum.

„Junge, du bist unordentlich, schämst du dich denn nicht?"

„Nein, Vater", sagte Herr Rheinsberg in ruhigem Ton, „ich schäme mich nicht."

Dann wandte er sich ab und strebte dem Ausgang zu. Nur einmal hielt er kurz an. Mit der rechten Hand auf seinen Spazierstock, mit der linken auf die Lehne einer Bank gestützt, streifte Herr Rheinsberg seine Lackschuhe ab. Ohne sich noch einmal umzudrehen, ließ er sie an Ort und Stelle stehen.

Auf seinen Socken trat er durch das große geschmiedete Tor und schlug es hörbar hinter sich zu.

Spiegelblicke

Menschen begegnen uns überall, doch im Alltag gehen wir oft achtlos an ihnen vorüber.

Die Autorin Renate Weilmann und der Fotograf Bernhard Dedera werfen in ihrem Buch spiegel blicke einen achtsamen und einfühlsamen zweiten Blick auf die Menschen.

Zwanzig Personen aus unterschiedlichen Kulturkreisen und Lebenssituationen stellten sich den Fragen der Autorin. Fragen zu den Themen Heimat und Glück und vor allem Fragen nach den persönlichen Lebensumständen der Porträtierten.

Ob fahrendes Circusvolk, badische Weinkönigin, Märchenerzählerin, Benediktinermönch, Rollstuhlfahrerin oder der Bäcker von nebenan: Sie alle sprechen über ihr Leben, ihre Hoffnungen, Visionen und auch über ihre Ängste. Sie erzählen von den Umwegen, die ihr Leben nahm und wie sie es meisterten. Durch den Mut der Mitwirkenden, ihre Offenheit und ihre Lebensgeschichten konnte spiegel blicke zu einem außergewöhnlichen Werk heranreifen, das eine neue Sensibilität schafft im Umgang mit denen, die wir schon kennen und denen, die wir noch kennen lernen werden.

Spiegel blicke verbindet Menschen und öffnet Türen.

ISBN 978-3-945022-00-9

Renate Weilmann

Ich bin Autorin.
Die Welt erzählt mir ihre Geschichten.
Ich erzähle sie weiter.

Ich begegne Geschichten seit meine Großmutter mir vorlas. Als kleines Mädchen saß ich atemlos auf ihrem Schoß und lauschte den Abenteuern, die aus ihrem Mund an mein Ohr drangen wie flüssiges Gold. Diese Geschichten bewahrten mich vor Latein–Hausaufgaben, die sich vor mir auftürmten wie ein unüberwindbarer Felsbrocken, sie entführten mich in mir ferne Welten und nährten meine Fantasie wie nur Muttermilch ein hungriges Kind nähren kann.

Meine Kindheit und Jugend verbrachte ich mit leidenschaftlichem und maßlosem Konsum von Büchern. Am humanistischem Gymnasium liebte ich einzig die Aufsätze, Englischunterricht und den Sport.

Ich schreibe, um die Welt zu verstehen. Ich schreibe, um ihre Geschichten zu verstehen.

Schreiben ist mein ureigenstes. Es bedeutet für mich am Ziel angekommen zu sein. Schreiben ist atmen für mich.

Ich atme Geschichten ein, Gedanken, Eindrücke setzen sich in meinem Kopf fest und ich bringe sie zu Papier. In Form eines Gedichtes oder einer Erzählung. Die Welt erzählt mir ihre Geschichten und ich erzähle sie weiter.

ISBN 978-3-945022-04-7   ISBN 978-3-945022-06-1   ISBN 978-3-945022-03-0

www.renateweilmann.de